［グラフィック版］

# アンネの日記

アリ・フォルマン 編　デイビッド・ポロンスキー 絵　深町眞理子 訳

あすなろ書房

## 登場人物紹介

日記に出てくる人たちとその本名

### フランク一家

アンネ・フランク

マルゴー・フランク
アンネの姉（3歳上）

オットー・フランク（ピム）
アンネの父親

エーディト・フランク
アンネの母親

### その他の住人

ペーター・ファン・ダーン
（ペーター・ファン・ペルス）

ペトロネッラ・ファン・ダーン（夫人）
（アウグステ・ファン・ペルス）
ペーターの母親

ヘルマン・ファン・ダーン
（ヘルマン・ファン・ペルス）
ペーターの父親

アルベルト・デュッセル
（フリッツ・プフェファー）
歯科医

### 支援者

ヨハンネス・クレイマン
オットー・フランクの会社である
オペクタ商会とペクタコン商会の
幹部職員、経理担当者

ヴィクトル・クーフレル
オペクタ商会の幹部職員

ベップ・フォスキュイル
オペクタ商会の従業員、
ヨハン・フォスキュイルの娘

ミープ・ヒース
オットー・フランクの秘書

ヤン・ヒース
ミープの夫

ヨハン・フォスキュイル
ベップの父親、
オペクタ商会の倉庫番

 ★6月12日はアンネの誕生日

13

誰も信じないでしょうけど、13歳の私は、この世でひとりぼっちだと感じています。

私には、愛する両親と、16歳のお姉さんがいます。
アンネ、何をぐずぐずしているの？
早くこのプレゼントをあけて！

ハンネリとジャクリーヌは親友ってことになってますけど、私にはまだ本当の親友はいません。
あの子って、
やっぱり注目されるのが
好きなんじゃない？

ボーイフレンドはぞろぞろいて、みんななんとかして私の目を引こうとします。

アンネ！　おりてきてよ。きみなしでは生きてゆけないよ！

ロプ、もう帰りなさい！
本当に警察を呼ぶぞ！

お友達といるときに考えるのは、楽しく過ごそうということだけ。身のまわりのごくありふれたことのほかは、誰にもぜったいに話す気になれません。

どうしても、相手にそれ以上近づくことは無理みたいです。だから……。

ところで、誕生日のプレゼントですけど、真っ先に出てきたのはあなた。

見たとたん、特別な存在だとわかりました！

この日記帳は、はじめてできた私の心の友として……。

今後はわが友「キティー」と呼ぶことにしましょう。

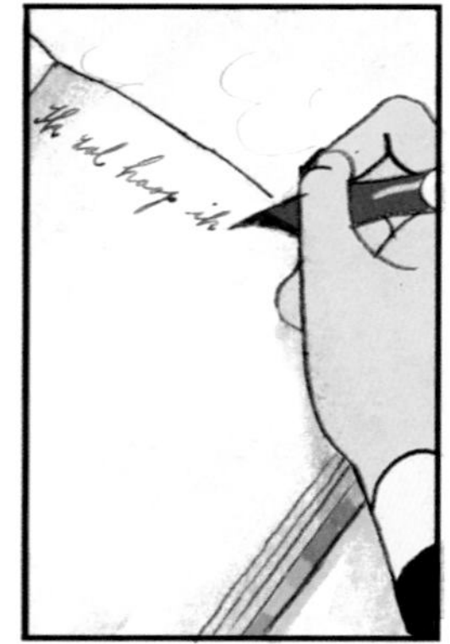

あなたになら、これまで誰にも打ち明けられなかったことを、何もかもお話しできそうです。どうか私のために、大きな心の支えとなぐさめになってくださいね。

私の生い立ちを簡単にしるしておきます。パパのオットーとママのエーディトは、1925年にドイツで結婚しました。一目ぼれではありませんでした……。

こんなに年上でいいのかい？
わかりませんわ……はじめてですもの。

お姉さんのマルゴーは、1926年に生まれました。

こんなにかわいい赤んぼがほかにいるかね？
口をつつしんでください、あなた。罰が当たりますよ。

その3年後に生まれたのが、私、アンネリース・マリー・フランクです。

おや、姉さん以上にかわいいじゃないか！
そんなことを言ったら、罰が当たりますってば！

だれが決めたんだね？
私達ユダヤ人！

でもユダヤ人であることは、わが家ではそれほど重要ではありませんでした。ママはユダヤ教徒として育ちましたが、私達の宗教は自由でした。

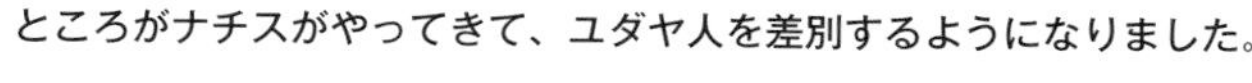
ところがナチスがやってきて、ユダヤ人を差別するようになりました。

ここの獣医さんは、
ユダヤ人の動物だけをあつかうの？
いいえ……でも、ユダヤ人だというだけで、自分自身が動物なみにあつかわれてるわ……。
VETERIN

ナチスは力をつけると、ドイツ社会からユダヤ人を追い出すことにしました。
ユダヤ人はドイツの人口の1%にも満たないのに、諸悪の根源だと決めつけたのです。

公務員をしているユダヤ人の友人達が、全員解雇された。事態は悪くなるばかりだ。うちもいよいよ引っ越し時だな。

オランダならユダヤ人でも安全だろうと、パパは1933年にアムステルダムに移住し、オランダ・オペクタ商会の社長になりました。ジャムをつくる会社です。
10
Minuten
Opekta

そのあとママとマルゴーもオランダへ移り、私だけおばあちゃんとドイツに残りました。

マルゴーの8歳の誕生日に、贈り物がわりみたいにして、私もオランダへ行き、家族はようやくまたいっしょになれました。

オランダでの生活はとても楽しいものでした。ああ、なんて自由だったんでしょう！　しょっちゅうスケートをしたり、スキー休暇でスイス・アルプスまで行ったり。

悪い兆しが見えはじめたのは、ドイツのハンブルクからおじさんがやってきてからでした。

ドイツから逃げてきたおじさんは、ユダヤ人がドイツでどんなにひどい目にあっているかを話しました。

ナチスは、ユダヤ人のお店やシナゴーグ（礼拝堂）に火をつけたり、窓をたたき割ったりしていたのです。

それに、ユダヤ人の文化についての本や、ユダヤ人が書いた本を燃やしていました。

ユダヤ人は避難場所を探して、どんどん逃げだしているそうです。

うわさによると、ナチスは、「ドイツ人らしさ」のない者をドイツ南東部のダッハウの労働収容所へ送っているそうだ。
そこでみんな、何をさせられているのかしら？

これしか
思い浮かばない……。

親愛なるキティー、いったい誰が想像できたでしょう。ドイツの恐怖からやっと逃れたと思ったら、ナチスがオランダに侵入してきて、また同じことがくり返されるなんて……。

ユダヤ人、すぐに水からあがれ！

出ていけ！

どうして……？
ユダヤ人が水の中に危険なばい菌を
まきちらすと思っているのよ……。

私達は電車も自動車も使用禁止。胸には黄色い星印をつけさせられたの。

自転車に乗れるだけましよ。

2週間後には……
自転車に乗るのも禁止。

もう私達は公園へ行けない。
暗くなってから通りに出ることもできない……。
それに、キリスト教徒のお友達を
訪ねることも許されない……。

少なくとも月は宗教とは関係ない……。

私、トイレに行きたい。
私もよ。でも、これだけ規則があると、
トイレに行くのも許されるのかどうか……。

親愛なるキティーへ

近ごろママは、将来私がだれと結婚するつもりなのか、折りさえあればききだそうとしますけど、それを同じクラスのペーテル・スヒフだと言いあてることは、まずぜったいにできないでしょう。それというのも、ママの頭にそういう考えが浮かびそうになるたびに、きまって私が顔を赤らめもせず、まばたきひとつせず、すばやく話をそらしてしまうからです。
私はペーテルが好きです。今までほかの誰（だれ）かをこんなに好きになったことはありませんし、たえず自分に言い聞かせてもいます——ペーテルがほかの女の子達とつきあってるのも、自分の本当の気持ちを隠（かく）すためにほかならないんだ、って。

親愛なるキティー、今日はうだるような暑さです。それなのに、どこへ行くのにも歩いてゆかなくちゃなりません。電車って、なんとありがたいものか、と今さらのように思います。でもその電車は、私達ユダヤ人には許されないぜいたく品。ユダヤ人なんか、歩きでじゅうぶんだとでもいうんでしょう。それでもなかにはやさしい人もいます。ヨーゼフ・イスラエールス埠頭(ふとう)では、フェリーの係の人に頼んだら、すぐに乗せてくれました。私達がこんなにつらい目にあっているといっても、これはなにもオランダの人達のせいじゃありません。

MARIKA RÖKK · WILLY FRITSCH
in dem ersten deutschen
FARBEN-GROSSFILM DER
Frauen
SIND DOCH BESSERE DIPLOMATEN
ユダヤ人のブタどものために
なんか歌わないわ！

※ポスターの女性は、ナチスのプロパガンダ映画に出ていた女優・歌手のマリカ・レック。

親愛なるキティー、あれから数日しかたって
いないのに、いろいろな変化がありました。

やあ、アンネ！

きのうの朝、近くの自転車置き場を通りかか
ると、おもしろいことがありました。

ヘローだよ。おぼえてる？　ヴィルマのまたいとこの。

いっしょに学校に行かない？

あ、ええ……。

彼は、一晩じゅう私を待っていたかの
ようでした。

その日から毎朝、ヘローは私を待つように
なりました。

ヘローが私に夢中なのは見えみえです。
だから、みんなうわさしています……。

アンネのおじさんって
感じ！
彼、ガールフレンドが
いたんじゃない？

あんなつまらない男、
よく我慢できるわね。
アンネ、
また男の子の話かね？

私はすてきだと思うけど。
れいぎ正しいし、清潔だし、品がいいし。

どうでもいいわ。
私はヘローに恋してなんかいないから。

おかあさんは好きよ。
それに、ヘローがいつもそばにいて
くれれば、あなたがひとりで危険な
通りをうろつくんじゃないかって心
配しなくてすむし。

私のほかにガールフレンドがいるの？
いた……というか、
いる、かな……。

だけどさ、彼女が5分以上つづけてしゃべると、
そのたびにぼく、2時間寝ちゃうんだよ。

門限を過ぎてるじゃないか。ユダヤ人の外出は
8時までだぞ！

パパは家にいることが多くなりました。会社に出ても、仕事がないんだそうです。会社は、クレイマンさんと
クーフレルさんが引きつぐことになりました。

1942年7月5日(日)~7月11日(土)

パパ、どうして家の中のものがどんどんなくなってるの?
家具とか、本とか、服とか……。
アンネ、そういうものをナチスに
没収されたくないだろう?

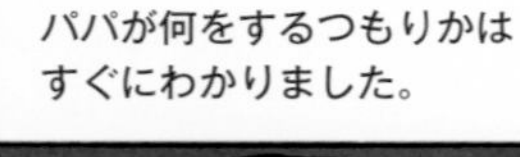
パパが何をするつもりかは
すぐにわかりました。

森の中の穴に隠れることになったとしても、
もっとひどいところへ行くよりはましです。

親愛なるキティー、日曜の朝から今までに、何年もたってしまったような気がします。いろいろなことが起こったからです。日曜の午後のことです。マルゴーが声をひそめて言いました。ナチス親衛隊からパパに呼び出し状が来たのよ、と。でもその呼び出し状は、ほんとはマルゴー自身に来たものだったのです。

ナチス親衛隊から私に呼び出し状が来たの。

呼び出し状が何を意味するかは、みんな知っています……。

でも、パパがぜったいになんとかしてくれるはずです。

私達は身を隠すことになりました。すぐさまマルゴーと私は、いちばん大事なものを袋につめにかかりました。真っ先に入れたのは日記帳。それからヘアカーラー、ハンカチ、教科書、くし、古い手紙など。

ばかげたものばかりつめましたけど、後悔はしていません。思い出は服なんかより、ずっと大切なものなんですから。

もっと役に立つものにしたほうがいいんじゃない？
役に立つ？
そんなもので人間が幸せになれるっていうの？

夜中に、パパの会社で働いているミープとご主人のヤン・ヒースとがやってきました。ふたりは、私達の荷物を秘密の隠れ家へ持っていきました。

ああ、猫のモールチェといっしょに寝られるのも、
これが最後だなんて。

あくる朝、ママは5時半に私達を起こしました。家族一同、まるで北極探検にでも出かけるみたいに、どっさり服を着こみました。

思い出のこと、アンネの言うとおりかもしれないわね……。

計画どおり、大あわてで立ちのいたように見せかけました。パパは、近所の人にあてて、私達一家がスイスに逃げたと思わせるメモを残しました。

私達は降りしきる雨の中を歩いていきました。行きあう誰もが気の毒そうに見ています。
H
3

どの街角にも危険がひそんでいます。

ユダヤ人め……二度と暖かい思いをすることなんかなかろうよ。

隠れ家はなんとパパの事務所のある建物の中。もうびっくり！
Jood

事務所のみんなは、私達が来ることを知らされていて、あたたかく迎えてくれました。
263

じつは、パパの事務所のある建物は、巧妙なつくりになっていました。表側には事務所と倉庫しかないのですが……。

Opekta

裏側に、誰も気づかないような部屋がたくさんあったのです。

秘密のドア（のちに本棚でカムフラージュ）と急な階段をぬければ、そこはもう……私達の隠れ家！

こんなにせまいの？
東へ行く列車のことを思えば、広く見えてくるわよ。

日の光よ、さようなら……。

会社の同僚だったファン・ダーンのおじさんとおばさん、それに息子のペーターもいっしょに住むことになっています。

いちばん広くて居心地のいい部屋をファン・ダーンさん達にあげちゃうなんて、信じられない。
そう？　パパのやりそうなことじゃない。

またあなたとお話しできるようになるには、少し時間がかかりました……。

隠れて暮らすのがどういう気分のものか、さだめしあなたも知りたいことでしょう。

でもじつをいうと、自分でもまだよくわからないんです。この家では、わが家に帰った気分になれることはけっしてないでしょうけど、ここがきらいだというのでもありません。どちらかというと、すごく変わった貸し別荘で休暇を過ごしてるみたい。

隠れ家での最初の夜、私達は、三階にある隠れ家から二階にある社長室までおりて、ロンドンから流れてくるBBC（イギリス放送協会）のラジオ放送を聞きました。

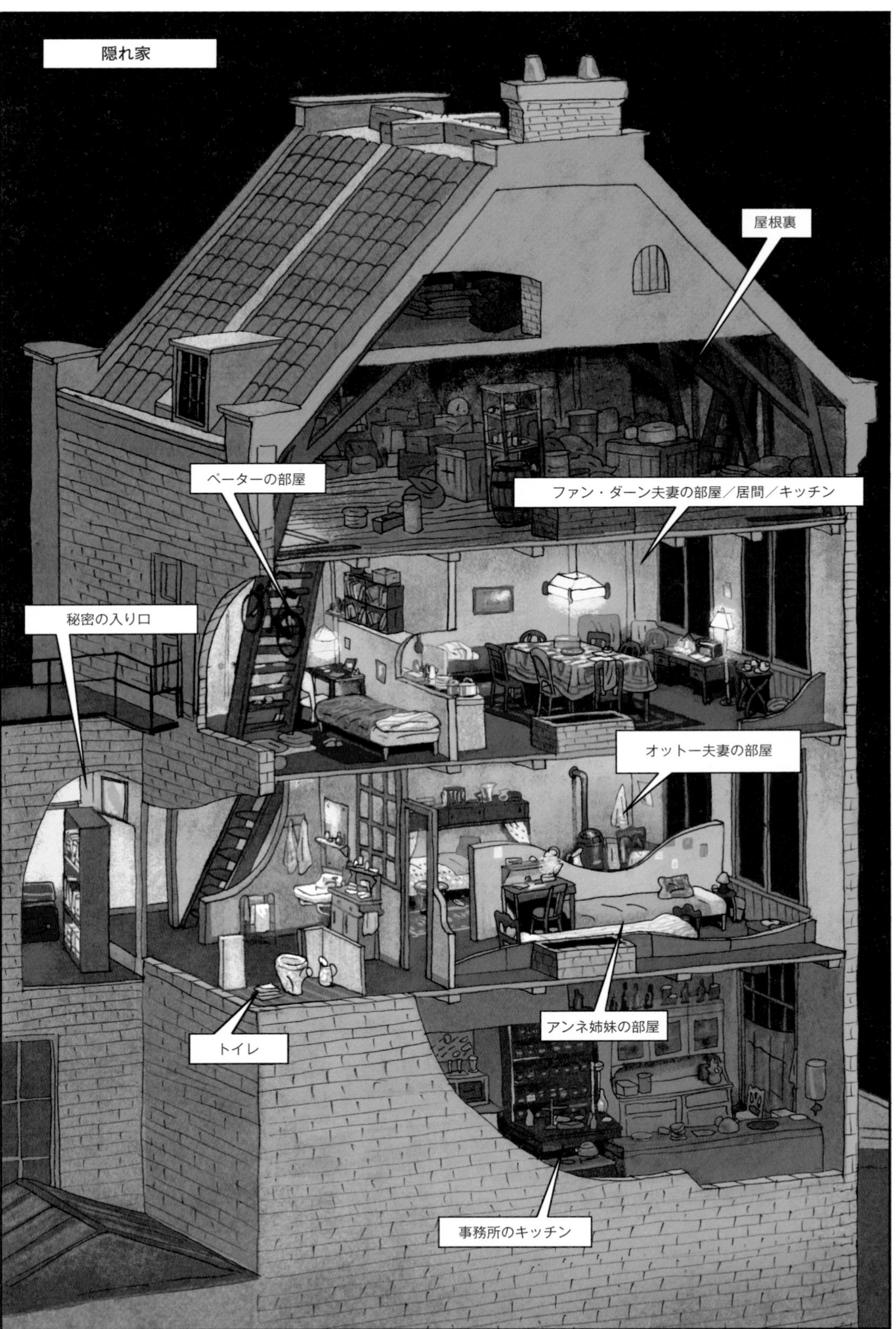
隠れ家
屋根裏
ペーターの部屋
ファン・ダーン夫妻の部屋／居間／キッチン
秘密の入り口
オットー夫妻の部屋
トイレ
アンネ姉妹の部屋
事務所のキッチン

私の大切なキティーへ、ファン・ダーンさん一家は7月13日に越してきました。おじさんは折りたたみ式のテーブルを、おばさんは寝室用のおまるを持ってきました。ひとり息子のペーターは、もうじき16歳ですが、ちょっぴりぐずで、はにかみ屋で、ぶきっちょです。ムッシーという名の猫をつれてきました。その日から両方の家族がそろって食卓を囲むようになりました。

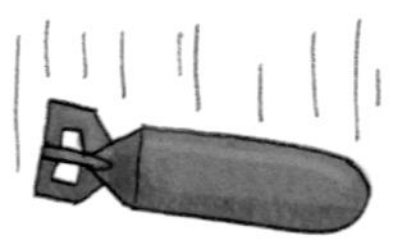

今すぐ死ぬなら、あたしは
寝室用のおまるにすわってるわ。

今すぐ死ぬなら、おれは
うまい中国茶をもう一杯飲むね。

ペーター、いかがわしい雑誌を
見てないで、すぐにおりてこい！

今すぐ死ぬ気はないよ。
いろいろやることがあるん
だから。

エーディトだって、何か隠しているものがあるはずよ。

ファン・ダーン夫人が隠し持っていたのは、寝室用のおまるだけではありません。基本的に、「レディーの必需品」と思われるものは、なんでも隠し持っていました。

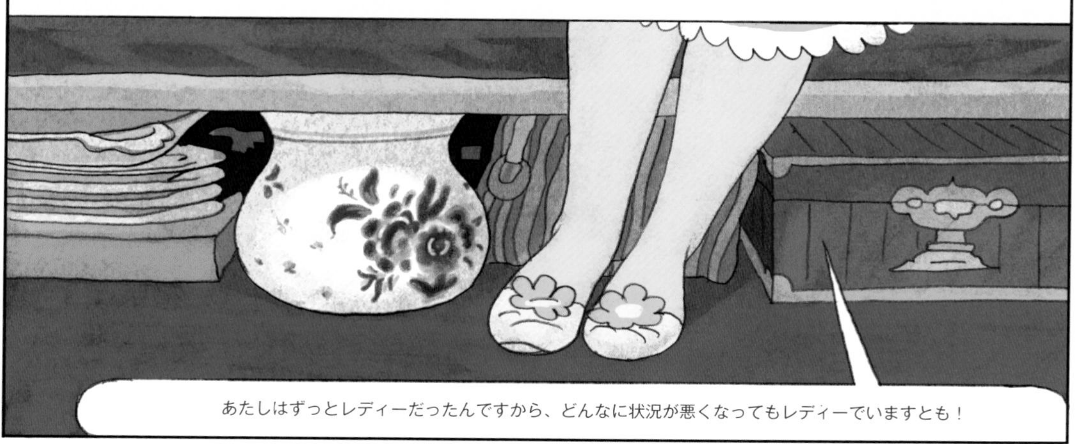
あたしはずっとレディーだったんですから、どんなに状況が悪くなってもレディーでいますとも！

あんた方が消えたことについちゃ、信じられんようなうわさが広まってるよ！
ペーター、
降りてらっしゃい！

その1「第一次大戦でオットーと戦友だったドイツ軍の高級将校が、なんとかこっそりスイスの国境を越えさせてくれた」

こんにちは。銀行はまもなく開店します。ユダヤ人の方のお金を
預けにいらしたんですね？

その2「フランク一家は朝早く、自転車で走り去った」

その3「真夜中に軍用車でつれてゆかれるのを見たと、近所のおばさんが断言している」

ひどい、よくもそんなことが言えますね！

アンネ、落ち着きなさい。ほんの冗談じゃないか。
冗談？　いったいどういう冗談よ。
ペーター、早く夕飯を食べなさい！

ペーターはなかなかやってきません。いつも病気で死にそうになっているのです。

ああ、死んじゃうよ。のどのがんだ。

だめだ！　腰が痛くて死にそうだよ！

心臓ほっさが起きた。もう死ぬ。

うう、じん臓がおかしいよ。

ペーターが自分の部屋で死にかけているあいだ、当然、私がみんなの関心の的になりました。

不思議だねえ、エーディト。同じ家で育てたふたりの娘、
アンネとマルゴーが、こんなにちがう性格になるなんて。
あの、私も聞いてますけど。

おばさんが毛皮のコートを着てないほうが不思議ですよ。
だって、今日、すごく寒くないですか？

姉さんからちょっとでもれいぎ
を学んだらいいのに。

いつもマルゴーとくらべられてばかり……。

ほっといてやりなよ、子供なんだから！
あのうっとうしい女の子のせいで、ここでの生活が悪夢ですよ！
もっとやさしくしてやったらどうだ。
きっと不安でたまらんのさ。
アンネ、出てきて……だれも怒ってないわよ。
ミープに精神安定剤をもっと持ってきてもらおう。
むだですよ。要はしつけの
問題なんですから。
ほらベップ、アンネにかわいい服を買ってきたわ。
よかったわ、ミープ。あの子、
最近ふさいでるから……。

1942年9月21日（月）

私達は毎日を規則正しく過ごしています。階下の人達がいそがしく働いている午前中は、ひたすら静かにしていなくちゃいけません。だから勉強したり、何かを暗記したりします。英語やフランス語やイタリア語やギリシャ語などを。

私はおなかがすいた、あなたはおなかがすいた、彼はおなかがすいた、彼女はおなかがすいた、私達はみんなおなかがすいた、彼らはおなかがすいた……。
私は完ぺき、あなたは完ぺき、彼は完ぺき、彼女は完ぺき……。
FRANS

ぼくは死んだ、きみは死んだ、彼は死んだ、彼女は死んだ、ぼく達はみんな死んだ……。
ENGLISH

私はきれい、私はきれい、私はきれい、私はきれい……。
ル・コルドン・ブルー・シュークルート・ガルニの作り方。塩づけキャベツ1キロ、酢1と1/2カップ、塩大さじ2杯、フランクフルトソーセージ2キロ、ベーコン300グラム……。

イスメネ「私は神を尊ぶことをかろんじてはいません。でも、町の人達に逆らえないの」
アンティゴネ「私はだれよりもしたわしい兄のお墓を作りに行きます」

★古代ギリシャのソフォクレス作『アンティゴネ』のせりふ。

12時半になって、倉庫で働いている人達がお昼を食べに帰宅してしまうと、みんなはほっと息をつきます。ミープとベップが事務所から食事を運んできてくれますが、食卓では、全員無言で、静かに食べなくちゃなりません。

で、今日は何？　またキャベツ？

ただし、3分と黙っていられない人達をのぞけば。

5時半になって、仕事を終えた人達がいなくなると、ようやく夜の自由時間。まずはおふろですけど、たらいがひとつしかないので、交代で使います。

お湯が熱すぎる！
死んじゃうよ！

ペーターはキッチンでの入浴がお気に入り。

ファン・ダーン夫人は、どこでおふろに入るべきか決められないごようす。

どうしてここじゃなきゃだめなんです？
ほかの人達みたいに事務所で入ればいいじゃありませんか。
最近、おれの裸を
見とらんだろう？

彼女、まだ1回も入ってません。

パパは社長室を使います。ここでなら、もとの社長という立場に少しでも近づけるというように。

ママについては、完全防備でおふろに入る、とだけ言っておきましょう。

私は事務所でマルゴーとおふろに入ります。それは、外の世界をのぞくことができる夢のような時間でもあります。

夕食の時間。
ユリアナ王女は、来年の1月にご出産の予定です。
退屈なニュースだこと！

退屈？　ここへ来てから今までで、いちばんわくわくするニュースよ！

※ユリアナ（1909～2004）　1937年ドイツ出身の貴族ベルンハルト公と結婚。大戦中はカナダに亡命。1948年オランダ女王となる。

夜になると、いやなことが頭に浮かんできます……。

これを飲みなさい。眠れるから。

パパ、大好きよ。ママのことも
同じように思えたらいいのに。

ママなんか死んでも平気だけど。

#*%&@ #{@%**#^&}*!!!!!

EDITH FRANK

1942年9月28日（月）

親愛なるキティーへ

今日も別のけんかのことを話題にしたいところですが、その前にちょっと別の話。いったいどうしておとなって、やたら口論ばかりしたがるんでしょう。それも、原因はおよそくだらないことばっかり。今までは、口げんかなんて子供のやることで、おとなになったら、しなくなるものかと思ってたのに。もちろん、れっきとした理由のあるときもたまにはありますけど、ここで言うのは、ただのくだらない口げんかのことです。こういうことには慣れるべきなのかもしれませんけど、私は慣れませんし、いつか慣れるとも思いません。少なくともそれが、この私をめぐっての議論であるかぎりは（おとな達は口げんかとは言わず、“議論”という言葉を使いたがりますが、いまだにドイツ語でしゃべってるこの人達には、このふたつの語のちがいがわかっていないんです！）。
おとな達に言わせると、私には何ひとつ、そう、まったく何ひとつ、いいところがないんだそうです。全体としての私の外見、性格、態度などが、一から十まで議論の対象になります。しかも、当人である私は、どんなにひどくけなされても、しかられても、黙っていなくちゃいけない。いけないと命じられてはいるんですけど、あいにく私には、黙って引っこんでるような習慣はありません。いえ、実際に引っこんでなんかいられません！　ぶじょくされて、黙っていられるものですか。アンネ・フランクは、きのうや今日生まれた赤んぼじゃない、そのことをわからせてやります。そうしたら、みんなもきっと驚いて、私がみんなを再教育しにかかっても、文句は言わないでしょう。それにしても、よくもあんなふるまいができるもの。まったく野蛮です！

ねえキティー、こんなふうに私がさんざんばかにされたり、あざけられたりしながら、ときには内心でにえくり返る思いをしてるんだってこと、これがあなたにわかってもらえさえしたら。じっさい、それをいつまでおさえておけるか自信がありません。きっといつか爆発するでしょう。
でもまあ、この話はこれでやめておきます。けんかの話には、きっとあなたもあきあきしているでしょう。ただひとつだけつけくわえておきたいのは、あるとき食卓でかわされた、とてもおもしろい議論のことです。

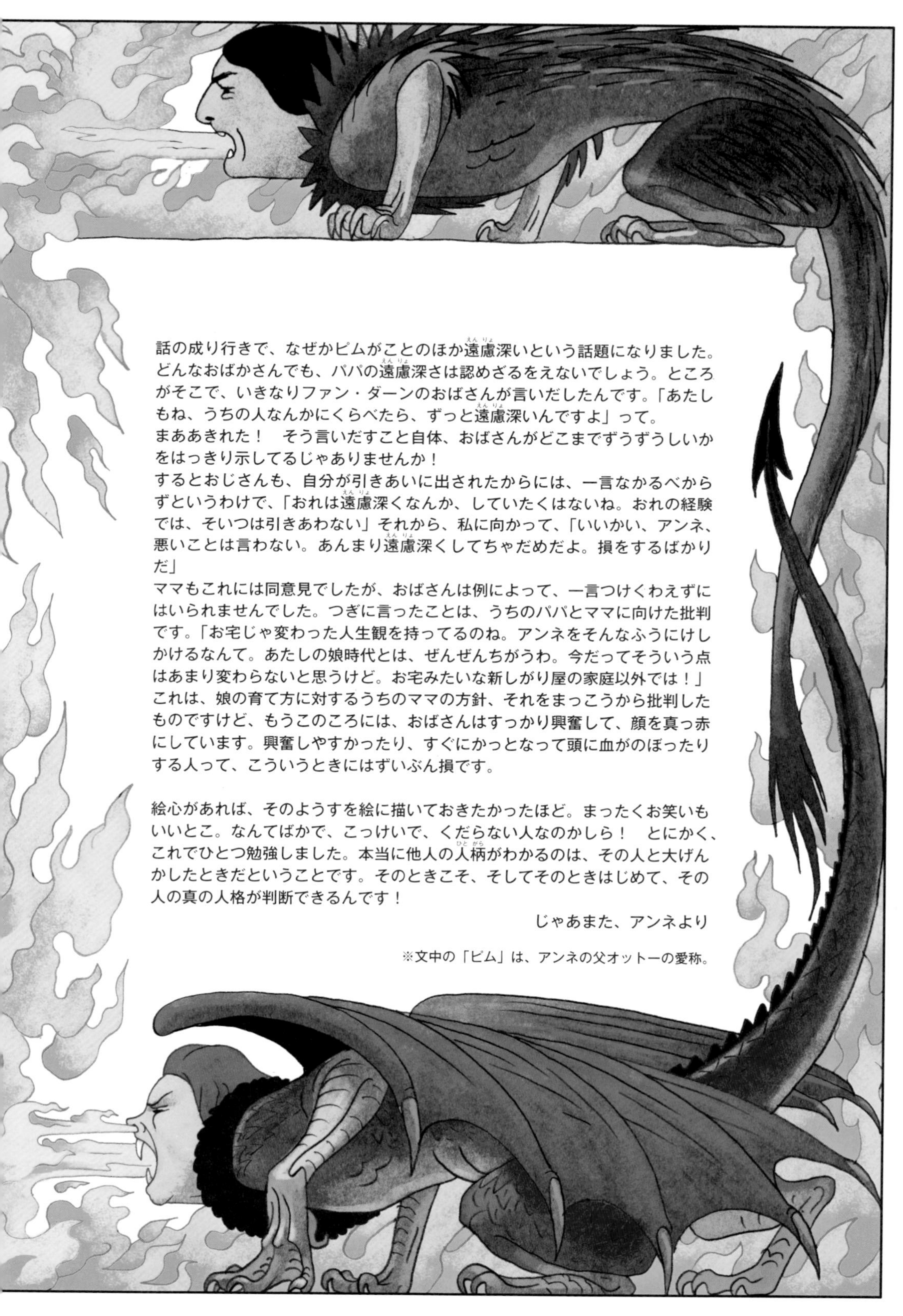

話の成り行きで、なぜかピムがことのほか遠慮深いという話題になりました。どんなおばかさんでも、パパの遠慮深さは認めざるをえないでしょう。ところがそこで、いきなりファン・ダーンのおばさんが言いだしたんです。「あたしもね、うちの人なんかにくらべたら、ずっと遠慮深いんですよ」って。

まあああきれた！　そう言いだすこと自体、おばさんがどこまでずうずうしいかをはっきり示してるじゃありませんか！

するとおじさんも、自分が引きあいに出されたからには、一言なかるべからずというわけで、「おれは遠慮深くなんか、していたくはないね。おれの経験では、そいつは引きあわない」それから、私に向かって、「いいかい、アンネ、悪いことは言わない。あんまり遠慮深くしてちゃだめだよ。損をするばかりだ」

ママもこれには同意見でしたが、おばさんは例によって、一言つけくわえずにはいられませんでした。つぎに言ったことは、うちのパパとママに向けた批判です。「お宅じゃ変わった人生観を持ってるのね。アンネをそんなふうにけしかけるなんて。あたしの娘時代とは、ぜんぜんちがうわ。今だってそういう点はあまり変わらないと思うけど。お宅みたいな新しがり屋の家庭以外では！」

これは、娘の育て方に対するうちのママの方針、それをまっこうから批判したものですけど、もうこのころには、おばさんはすっかり興奮して、顔を真っ赤にしています。興奮しやすかったり、すぐにかっとなって頭に血がのぼったりする人って、こういうときにはずいぶん損です。

絵心があれば、そのようすを絵に描いておきたかったほど。まったくお笑いもいいとこ。なんてばかで、こっけいで、くだらない人なのかしら！　とにかく、これでひとつ勉強しました。本当に他人の人柄がわかるのは、その人と大げんかしたときだということです。そのときこそ、そしてそのときはじめて、その人の真の人格が判断できるんです！

じゃあまた、アンネより

※文中の「ピム」は、アンネの父オットーの愛称。

近ごろは、私も少しはおとなの本を読むことが許されるようになりました。今読んでいるのは、ニコ・ファン・スフテレンの『エーファの青春』です。

エーファは、赤んぼがリンゴみたいに木になってるんだと思っています。

猫もニワトリみたいに卵を産みおとし、その卵を抱いて、温めるんだろうと思い……。
自分も赤ちゃんがほしくなります。

AMSTERDAM

そこである日、ウールのショールを地面に広げて、卵がその上に落ちるようにし、その場にうずくまって、うんうんいきみはじめます。ニワトリの鳴き声もまねてみますけど、卵は産まれず、出てきたのはソーセージの形をしたくさいものだけ。やがてエーファはおとなになり、人間は卵を産まないのだと気づきます。

本には、裏街で男に体を売ってお金をもらう女達のことも書かれています。

今、私はこんな空想をしています……。スイスに行って、パパとふたりでひとつの部屋に寝起きしている。アルプスにあるパパの一族のお屋敷で……。

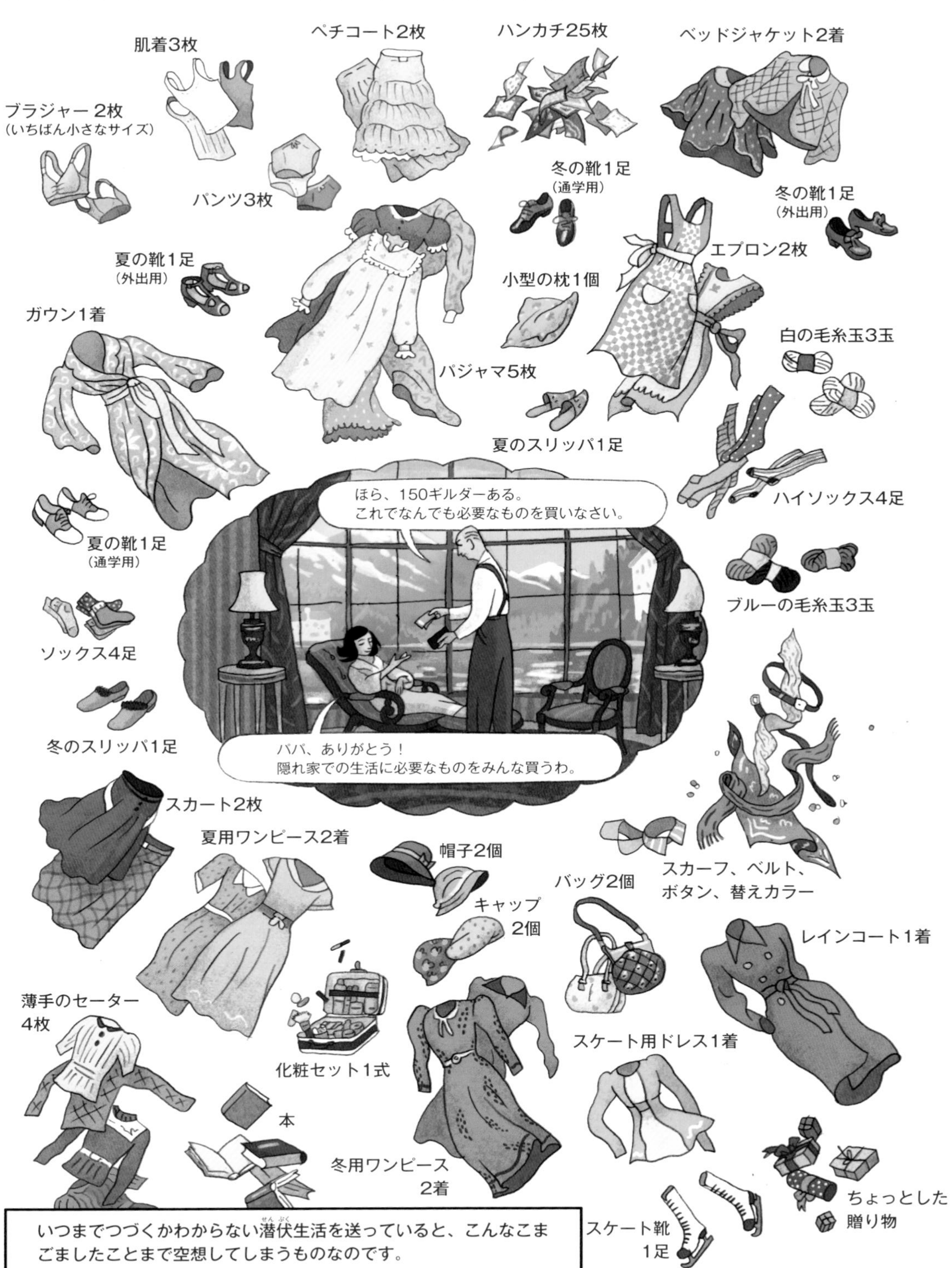

肌着3枚
ペチコート2枚
ハンカチ25枚
ベッドジャケット2着
ブラジャー 2枚
（いちばん小さなサイズ）
パンツ3枚
冬の靴1足
（通学用）
冬の靴1足
（外出用）
夏の靴1足
（外出用）
エプロン2枚
小型の枕1個
ガウン1着
白の毛糸玉3玉
パジャマ5枚
夏のスリッパ1足
ほら、150ギルダーある。
これでなんでも必要なものを買いなさい。
ハイソックス4足
夏の靴1足
（通学用）
ブルーの毛糸玉3玉
ソックス4足
冬のスリッパ1足
パパ、ありがとう！
隠れ家での生活に必要なものをみんな買うわ。
スカート2枚
夏用ワンピース2着
帽子2個
スカーフ、ベルト、
ボタン、替えカラー
バッグ2個
キャップ
2個
レインコート1着
薄手のセーター
4枚
スケート用ドレス1着
化粧セット1式
本
冬用ワンピース
2着
ちょっとした
贈り物
スケート靴
1足


いつまでつづくかわからない潜伏生活を送っていると、こんなこまごましたことまで空想してしまうものなのです。

1942年10月9日（金）

今日は、ミープから外の恐ろしいニュースを聞きました。ミープは、近所のユダヤ人がナチス秘密警察（ゲシュタポ）に連行されるのを見たのに、何もしてあげることができなかったと言いました。

あとになって、強制収容所から逃げてきた人に会ったので、その近所の人がどうなったかきいてみると、おそらく家畜車でオランダ最大のユダヤ人収容所、ヴェステルボルクへ送られただろうとの返事だったそうです。

ヴェステルボルクは恐ろしいところです。飲み水はおろか、ほとんど食べるものもなく、水道が使えるのは1日に1時間だけ、トイレも洗面所も、数千人にひとつしかありません。オランダ国内でさえこんなにひどいのなら、もっと遠いへんぴな土地へ送られたら、どういうことになるでしょう。イギリスのラジオでは、みんな毒ガスで殺されていると言っています。あるいはそれが、いちばんてっとりばやい死に方かもしれません。

GAS
GAS
GAS

1942年11月9日(月)

親愛なるキティー、きのうはペーターのお誕生日でした。私は8時にはもうペーターのいる屋根裏部屋にいました。

で、誕生日プレゼントに
何をもらったの？

HET BEURSSPEL
Sport
あなた、タバコを吸うのね……。

たまにね。
おとなびて、りっぱに
みえるだろう。


チュニス、アルジェリアなどドイツ軍占領地にイギリス軍が上陸。「終わりの始まりだ」と言いあったのですが……。

チャーチル首相は言っている。
「これは終わりの始まりではない。
ただしうまくいけば、始まりの終
わりになるかもしれない」


※チャーチル（1874～1965） イギリスの政治家。第二次大戦中、首相として連合国の勝利に貢献。

ペーターのお誕生日に楽観的になれた理由がもうひとつ。ソ連のスターリングラードは、今のところ、まだドイツ軍の手には落ちていません。

ここでまた隠れ家での生活のことにもどりましょう。食糧の供給についてお話ししておくべきだと思います。

パンは、毎日クレイマンさんが〝闇〟でパン屋さんから手に入れてくれます。でも闇値も上がるいっぽうです。

もちろんクレイマンさんは、かばんの仕切りの下にパンを隠して、その上をかんづめでうめつくします。

隠れ家にはかんづめの備蓄が100個ほどありますが、ふだん食べるのは、おもにキャベツ、ミートローフ、ピクルスなどだけです。

それから、豆もあります……。袋に入った120キロほどの豆を保管しなくちゃなりません。
ひとりで120キロの豆を食べたら、どのくらいおならが出るかしらね。

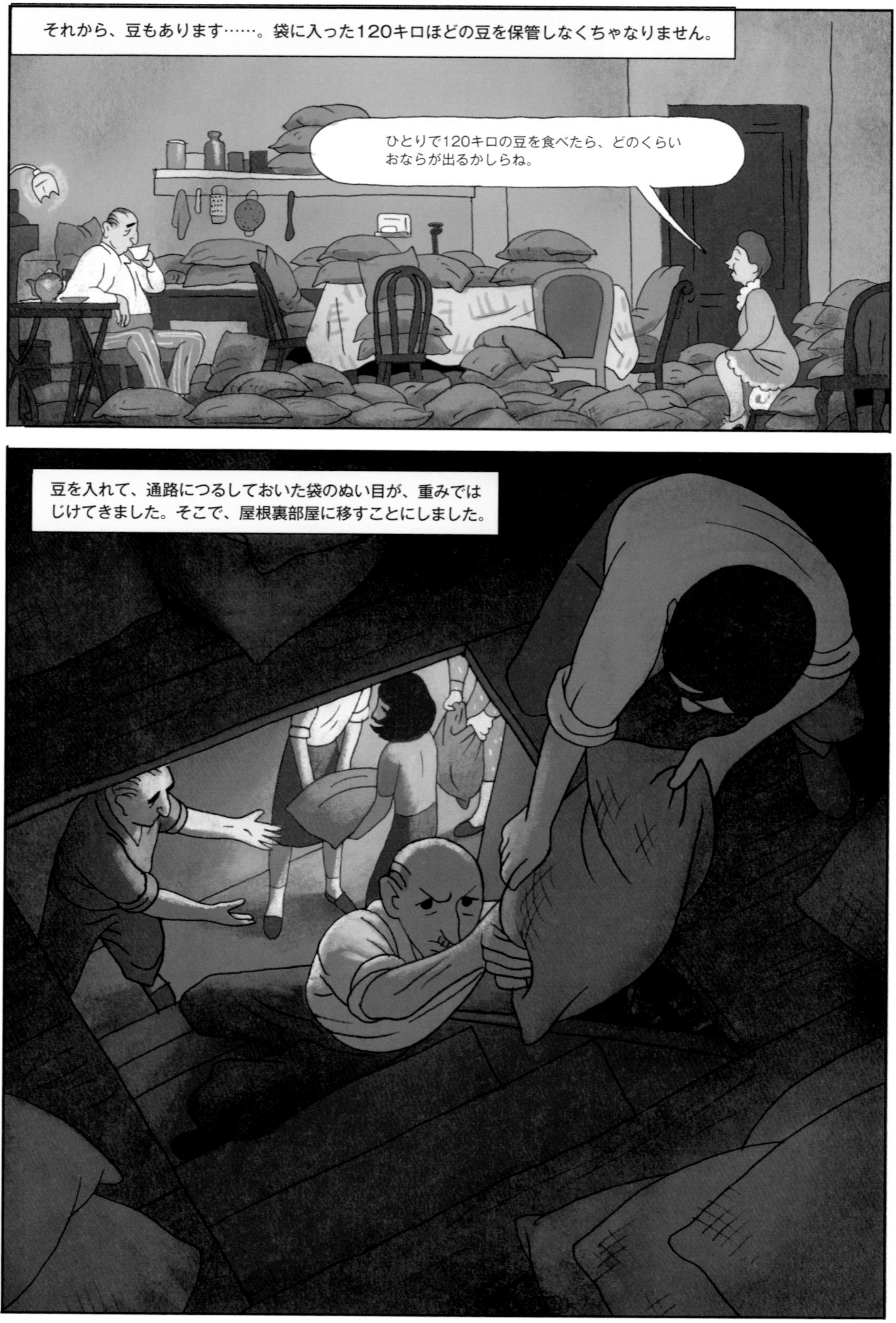

豆を入れて、通路につるしておいた袋のぬい目が、重みではじけてきました。そこで、屋根裏部屋に移すことにしました。

ところが袋のひとつが破れ、茶色い乾燥豆が雨のように――いえ、文字どおり雨あられといった勢いで、ざあっと階段の上から降ってきました。袋の中身は22、3キロもありましたから、その音のすさまじさたるや、死人も生き返るほど。

あわてて豆を拾い集めにかかりましたが、豆は小さいうえにつるつるしているので、あっちのすみ、こっちのくぼみにころげこんで、なかなか拾いきれませんでした。

1942年11月10日(火)～11月19日(木)

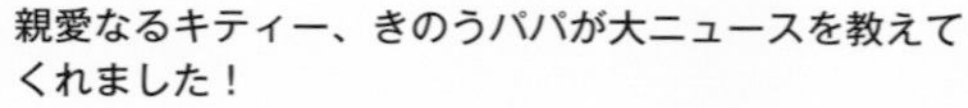
親愛なるキティー、きのうパパが大ニュースを教えてくれました！

アンネ、もうひとりユダヤ人を助けることにしたよ。この隠れ家でいっしょに暮らしてもらう。おまえの部屋で寝起きさせてあげてくれるかい？
もちろんよ、パパ。命をもうひとつ救えるなら、なんだってするわ。

でもパパがいなくなってから気づきました。キティー、あなたといつでも好きなときにふたりきりになれる特権、それが失われてしまうんだって。

新ルームメイトはミープの歯医者デュッセルさん。そのいきさつは……。
どうしたらいいんだ……身を隠す場所を探さなければならないんだよ。

お力になれるかもしれませんから、歯を全部ぬかないでください！

3日後、デュッセルさんは隠れ家へやってきました。歯の治療用具一式を持って。
オットー・フランクさんじゃありませんか！ご家族とスイスへ避難されたとばかり思っていました。
そう思われてたってことは、うまくだませてたってことだな。

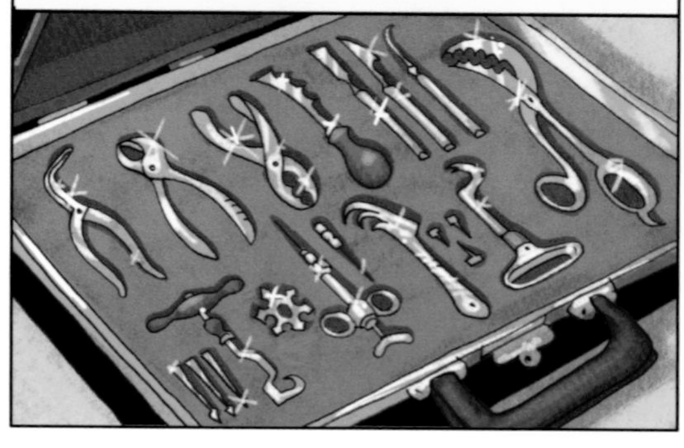
あとでマルゴーとその道具をのぞいてみました。

ああ、いやだ。ぞっとするわ……。
麻酔薬もあることを祈りましょう……。

ファン・ダーンのおじさんはお手製の《隠れ家の規則》をデュッセルさんにわたしました。

料金：無料！

# 隠れ家

ユダヤ人および同種の人びとのための仮の住まいとして設けられた特別施設。

年中無休：美麗、閑静にして、周辺は緑多く、アムステルダムの中心街に位置する。常住の隣人なし。

食事：肥満防止の特別食。
朝食：午前9時（日曜、休日は午前11時半ごろ）
昼食：午後1時15分～45分。
夕食：ニュース放送の時刻しだい。

ドイツ語ニュース放送の受信禁止。

アルコール飲料：医師の処方ある場合にかぎる。

入浴：
毎日曜午前9時より、好みの場所。

ペット：害虫はお断り。
飼育には許可が必要。

デュッセルさんは、私達の飢えていた外の世界のニュースを聞かせてくれました。悲惨なことばかり――。
ユダヤ人の5人家族の居場所教えたら
いくらだい？
ひとりにつき15ギルダー。

15番に行きな。
3階、左のドアだ。5人いるよ。

まるでむかしの奴隷狩りのようです。

夕方暗くなってから、私もよく見かけるんですけれど、善良な、なんの罪もない人びとが、泣きさけぶ子供たちに
つきまとわれ、ころびそうになりながら歩いてゆきます。だれだろうとようしゃはありません。病人、お年寄り、
子供、赤ちゃん、おなかの大きなおかあさん。だれもが一様にこの死の行進に加えられるのです。

1942年11月20日（金）

親愛なるキティーへ

誰もがこういったニュースをどう受けとめたらいいのか、じつのところ判断に迷っています。これまでは、ユダヤ人の悲惨な実態を耳にしてはいても、それが本当に心の奥まで届いていたとは言えず、なるべく今までどおり陽気にしているのがいちばんだ、みんなそう思っていたのです。ほんのときたま、お友達のだれかの身に起きた出来事の一端をミープから聞かされると、ママやファン・ダーンのおばさんは、きまって泣きだしてしまいます。これではミープだって、これ以上は話さないほうがいいと思うでしょう。ところがデュッセルさんは、ここへ来るやいなや、みんなから質問ぜめにあい、そして彼の話してくれたことは、とても悲惨で、身の毛のよだつようなことばかりなので、一度聞いたら忘れられなくなります。それでも、やがてこの恐ろしさがいくぶんか薄れれば、私達はまた冗談を言いあったり、からかいあったりするでしょう。今みたいに陰気にふさぎこんでいても、何もいいことはありませんし、外の人達を助けてあげる役に立つわけでもありません。それに、私達の《隠れ家》を、《ゆううつの隠れ家》にしてしまったところで、いったい何になるでしょう。
たとえ何をしていても、つい私は気の毒な外の人達のことを考えてしまいます。何かおかしなことがあって、声をあげて笑いたいときでも、すぐさまそれをおさえて、浮かれた気分になったことを恥じてしまいます。でも、本当に私は、一日じゅう泣いて暮らさなくてはいけないのでしょうか。いいえ、そんなことは無理ですし、いつかはこのあんたんたる気分も晴れてゆくはずです。
このみじめさに輪をかけて、私にはもうひとつゆううつなことがあります。これは個人的なもので、今までお話ししたような悲惨な問題にくらべたら、物の数ではないでしょう。でも、やっぱりお話しせずにはいられません。というのは、近ごろ自分が孤立したみたいな気分だ、なんだか途方もなく大きな真空に囲まれてるみたいだということです。今までこんな気分になったことはありません。いつだって、おもしろいことや楽しいこと、親しいお友達のことなどで心がいっぱいでしたから。ところが今では、世の中の不幸な問題のことか、さもなければ私自身のこと、それだけしか考えられません。その結果、今ようやく気がついたのは、パパが私にとってどんなにやさしいおとうさんでも、それだけではやっぱり、過ぎ去った私だけの小さな世界のかわりにはなれない、ということです。かといって、ママやマルゴーは、もうとっくに私の気持ちの中では重きをなさなくなっていますし。
それにしても、どうしてこんなくだらない話であなたをわずらわすのかしら。私って、ひどい恩知らずですよね、キティー。それはわかってます。でも、あんまりみんなから非難ばかり浴びせられ、そのうえ、外の世界のもろもろの不幸のことまで考えると、頭がくらくらしてくることもたびたびなんです。

じゃあまた、アンネより

1942年12月10日(木)

親愛なるキティー、隠れ家に来てから半年たって、やっと私はファン・ダーンのおじさんの得意なことを知りました。それは、クレイマンさんが笑顔であらわれた日に起こりました。
闇市ですごいものを手に入れたよ！
その彼の賞味期限はだいじょうぶか……？
彼女でしょ、パパ。

半年かかってようやくだ！　これで夢がかなうぞ。
ファン・ダーンのおじさんは、スパイスにくわしくてパパの会社に入ったのですが、ソーセージ作りの才能もありました（おまけに、それを食べるほうも大好き）。

おれの秘伝のスパイスブレンドを使えば、イングランドとフランスの百年戦争より長く生きられるってもんさ。

スープをかきまぜていられないわ。腰骨が痛くって！
だったら、そんなにでんとしたお尻にならないようにすればよかったのに……。

ナポレオンって、塩漬けにした肉の食べすぎで死んだんじゃなかった？
そうだが、やっこさんはおれの秘伝のレシピを知らなかったからな。

保存用のソーセージを乾燥させるために、天井からぶらさげました。ソーセージがずらりと天井で勢ぞろいしているところは、おそろしくこっけいなながめです。デュッセルさんが歯科の診療を開始しました。

肥満防止を考えて、そろそろ歯科治療を始めようと思うんだが、どなたかいかがかな？
ぜひ私が！
ほかにだれがいるのよ。

おお、虫歯がふたつも。この穴ならユダヤ人をもうひと家族、隠せそうだ。
そんなことするくらいなら、治療していただくわ。
やっぱりね……。
これは、消毒剤がわりのオーデコロンです。

あばれたり、足をばたつかせたり、悲鳴をあげたりがつづいたあと、治療はようやく終わりました。
まあ、患者はよくがんばったと言えるでしょう。

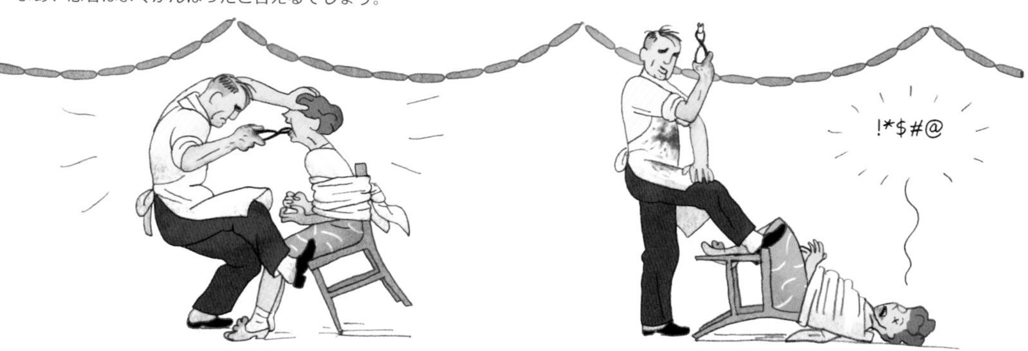
!*$#@

おばさんはすぐキッチンの仕事にもどりましたが、たったひとつ確かなのは、2回めの治療を受けるのを、
それほど急がないだろうということです！

1942年12月13日（日）

きのうの午後、事務所でマルゴーと行水をしているとき、私は重いカーテンのすき間から外をのぞきました。

窓に近づきすぎないでね……。

この界隈に住む子供たちはひどく不潔な感じで、そばへ寄るのも遠慮したいほどです。

かりにあの子供たちを、通るはしから釣りざおで釣りあげて、おふろに入れてやり、服も洗って、つくろってやってから、帰してやったとしたら……。

どうせあしたになったら、元のもくあみよ。

1943年1月30日(土)

親愛なるキティーへ

あんまりくやしくて、はらわたがにえくり返っています。でもそれを顔に出すわけにはゆきません。思いきって地団太をふんだり、金切り声でさけんだり、ママにむしゃぶりついて泣きわめいたり、めちゃめちゃなことをしてみたい。それもこれも、毎日私に向かって浴びせられる悪口雑言、けいべつの目つき、非難や叱責などのため。そしてそれらは、かたく引きしぼった弓から放たれる矢さながら、深々とつきささり、しかもつきささったが最後、なかなか引きぬけません。
私はママにも、マルゴーにも、ファン・ダーンさんにも、デュッセルさんにも——そしてパパにさえも——どなってやりたい。「私をほっといてちょうだい。せめて一晩くらいは、涙でまくらをぬらさせずに、目を泣きはらさせずに、頭をがんがんさせずに、静かに眠らせてちょうだい。何もかも、みんな忘れさせてちょうだい。できることなら、この世からおさらばさせてちょうだい!」って。でも、それはできません。私の絶望をみんなにさとらせてはなりません。みんなからあたえられた傷をさらけだすわけにはゆきません。みんなに同情されたり、善意のひやかしを聞かされたりするのにはたえられません。そんなことをされたら、ますますひどく金切り声をあげたくなるだけですから。
私が口をきくと、みんなから利口ぶってると言われます。黙っていると、ばかみたいだと言われます。口答えすれば、生意気だと言われます。なにか名案が浮かぶと、悪がしこいと言われます。疲れていれば、怠慢、一口でもよけいに食べれば、身勝手、まだそのほかにも、とんま、おくびょう、狡猾、エトセトラ、エトセトラ。一日じゅう、私の聞かされるのは、おまえはかわいげのない赤んぼだということだけ。笑いにまぎらして、気にしないようにしてはいますけど、本当は傷ついているんです。できれば神様にお願いしたいくらい——みんなの気にさわらずにすむような、別の性格に変えてください、って。でもそれはできない相談です。今そなわっているこの性格は、私の持って生まれたものですし、これはけっして悪いものじゃないという確信もあります。これでも私は、みんなを喜ばせようと最善をつくしているつもりです。みんなの想像もおよばないくらいの努力をしているつもりです。すべてを笑いにまぎらしているのは、みんなに私の悩みをさとられたくないからです。

親にそんな口を
きくんじゃありません!
ほっといてちょうだい。どうせ生まれ
つきの性質は直りゃしないんだから!
べつにいいでしょう? どうせ
これから1週間、私を無視するだけのくせに。

私には、ある日べたべたと甘ったれ、翌日にはまた毒液をはく、なんて芸当はとてもできません。それぐらいならいっそ、"黄金の中庸"(黄金というほどりっぱではないかもしれませんが)を選びたい。自分の気持ちは自分の胸ひとつにおさめて、できることならたった一度だけでも、みんなが私に対してとっているのと同じように、みんなを見くだした態度をとってやりたい。
ああ、それができさえしたら、どんなにすばらしいことか。

じゃあまた、アンネより

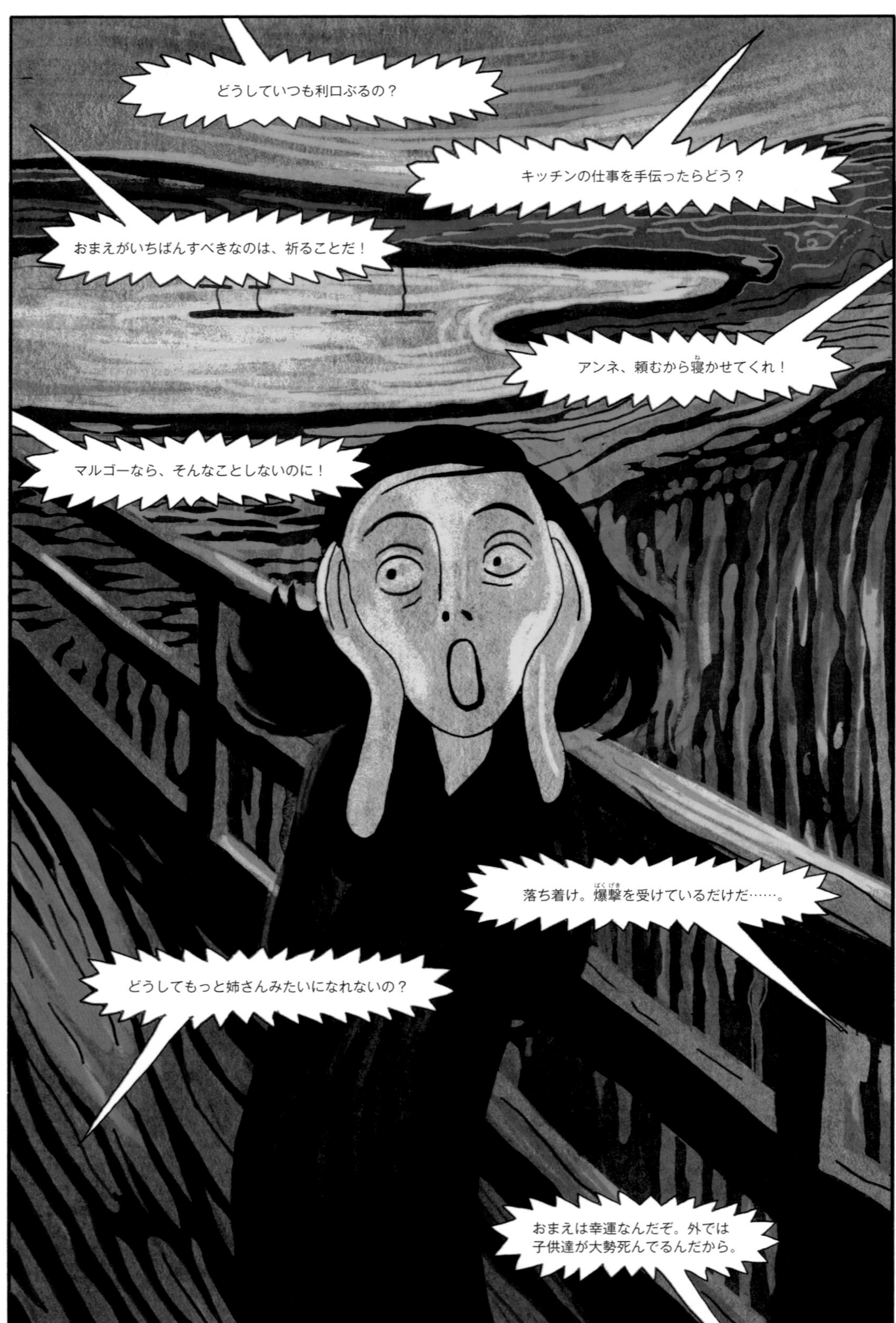
どうしていつも利口ぶるの？
キッチンの仕事を手伝ったらどう？
おまえがいちばんすべきなのは、祈ることだ！
アンネ、頼むから寝かせてくれ！
マルゴーなら、そんなことしないのに！
落ち着け。爆撃を受けているだけだ……。
どうしてもっと姉さんみたいになれないの？
おまえは幸運なんだぞ。外では
子供達が大勢死んでるんだから。

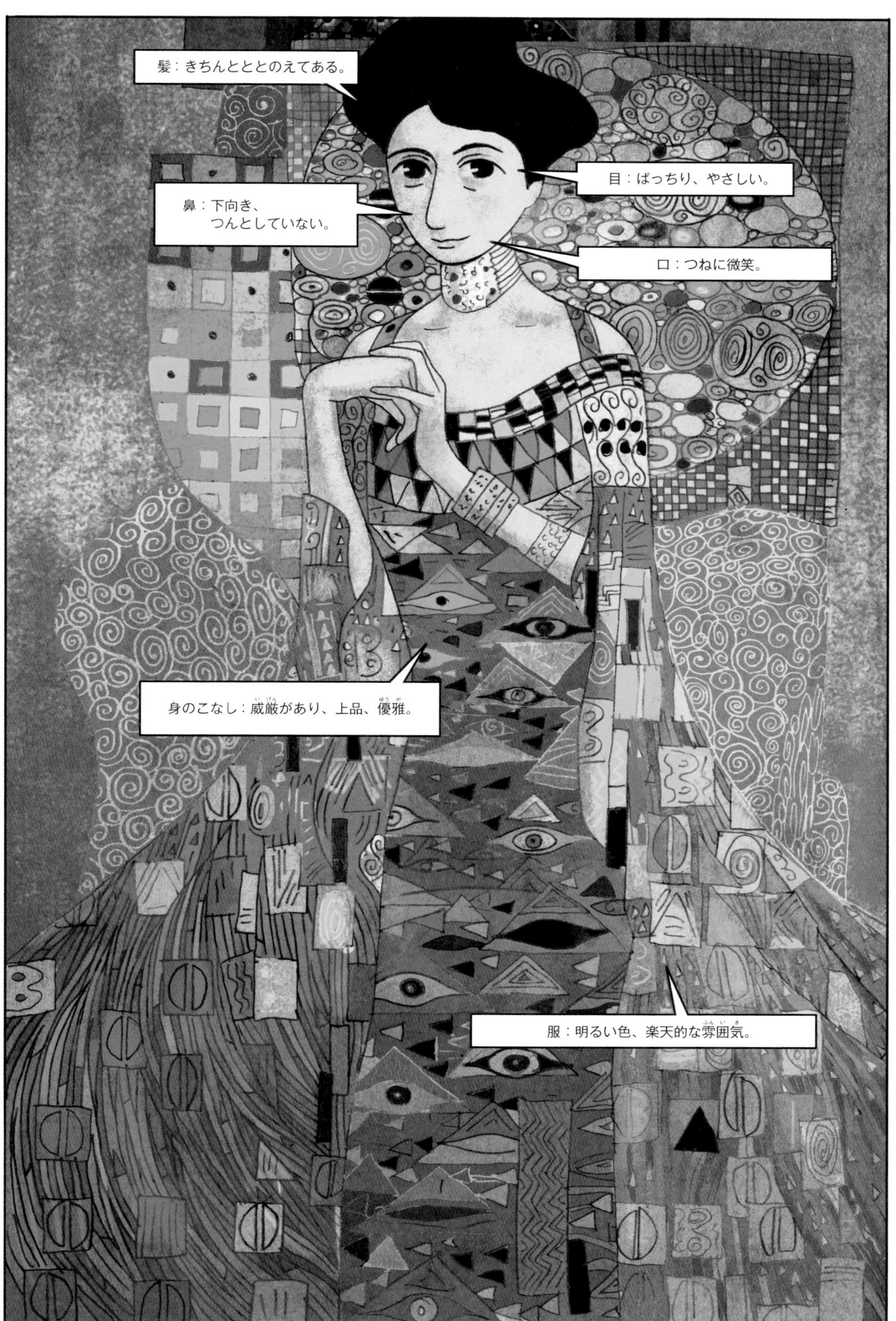
髪：きちんとととのえてある。
目：ぱっちり、やさしい。
鼻：下向き、
つんとしていない。
口：つねに微笑。
身のこなし：威厳があり、上品、優雅。
服：明るい色、楽天的な雰囲気。

1943年3月10日（水）

親愛なるキティー、ゆうべ、ヒューズが飛んで、電気が切れました。おまけに、一晩じゅう高射砲が鳴りづめ。いまだに私は、高射砲や爆撃機に関連するあらゆるものへの恐怖が克服できません。それで、ほとんど毎晩、なぐさめてほしくて、パパのベッドにもぐりこみます。

ごめんなさい……子供っぽくて。
あやまることはないさ。誰だって
こわいものをかかえてるんだから。

ファン・ダーンのおばさんのこわいものは泥棒。

ヘルマン、起きて！
下から足音が
聞こえたわ！

そりゃあ、おまえの心臓の音だよ。

ペーターのこわいもの
はネズミ。

手にかみつかれた！

そしてみんながこわがっているのは、
この私。

アンネのせいで全員つかまるん
じゃないのかね。
ほんとに。
手に負えない子ですから。
なにもそこまで
言わなくても。

1943年3月19日（金）

デュッセルさんは、愛するロッチェさんに会えなくて、とても悲しんでいます。

親愛なるアルベルト、私は何事もなかったように暮らせるクリスチャンであることが、うしろめたくてなりません。

こう書いてくれ。「ロッチェ、だれかを恋しく思うあまり死ぬことがあるなら、私はとっくに死んでいるだろう」

デュッセルさんはミープとベップに、ロッチェさんへの手紙を運ぶキューピッド役をさせていました。

でも、パパに見つかって……。

アルベルト、手紙を出すのはもうやめてくれ！　万一見つかったら、8人全員が死ぬことになるんだぞ！

マルゴー、驚いたよ。まさかおまえが手伝っていたとはな。
だって、愛のためだもの！

たしかに、愛のために処刑されるなら、死に方としてはましかもしれません。

1943年4月1日(木)

親愛なるキティー、パパの会社の大事なときに、4人の支援者のうちの3人が動けなくなってしまいました。

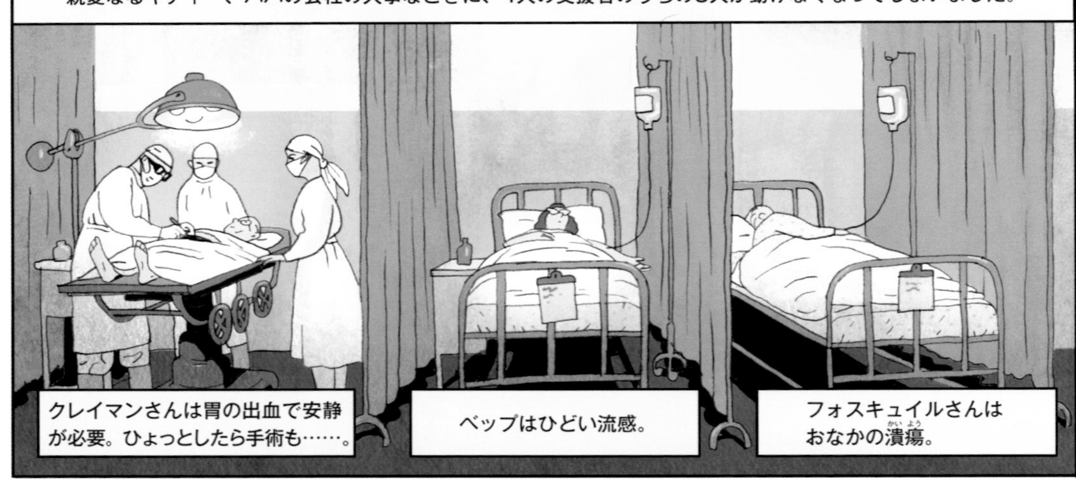
クレイマンさんは胃の出血で安静が必要。ひょっとしたら手術も……。
ベップはひどい流感。
フォスキュイルさんはおなかの潰瘍。

みんなが病気なので、クーフレルさんは大いそがし。オペクタ商会の新規出荷品について、ドイツの工場から来る代表団と会い、重要な話し合いをすることになったのです。

私はきみを心から信頼しているよ。
これ以上、きん張させないでください。

主役が病気になって、代役の自分にチャンスがめぐってきたと思えば?
生きるべきか、死ぬべきか、それが問題だ……。

話し合いは下の社長室でやる。その内容を交代で聞くことにしよう。ほら、こうして……。
いいか、一言一句覚えるんだぞ。

聞いたことを書きとめるんじゃだめなの?
だめだ! ペンが紙にこすれる音が聞こえてしまう。

最初はパパとママが聞きました。
まずは、ジャムの粘度を保つ、わが社独自の製法をご説明します。
Opekta

つぎはマルゴーと私の番です。
それはわが社の特製品でなく、ただの市販のジャムです！

聞きはじめてすぐ、私はぐっすり眠りこんでしまいました。

ごめんなさい。
だいじょうぶよ。私が全部覚えたから。

またマルゴーに助けられたよ。
いつものことよね。

1943年4月27日（火）

親愛なるキティー、イギリス空軍機による空襲は、日ごとに激しさを増しています。カールトン・ホテルはこっぱみじんになりました。焼夷弾を満載したイギリス空軍機が、このホテルにあるドイツ軍の“将校クラブ”の真上に落ちたんです。一晩として、静かな夜はありません。

外出禁止令が出て、守護天使たちからの食糧の供給がなくなると、私達の食べ物は生物学の実験のようになります。

どうせ代用コーヒーなんだから、早起きしても意味ないわ。

野菜が動物に変わることがありうるなんて、学校でも習った覚えはありません。

頼むよ、ムッシー、これを食べてみてくれ。

収容所で出されているのも、こういう食べ物なのかしら。

タバコを食って、腹くだしで死んだほうがましだ。

私ならいっそ自分の肝臓を食べて、即死するほうがましよ。

確かなことがひとつ。ダイエットをご希望の方は、どなたもわが《隠れ家》にどうぞ！

でも、低脂肪ダイエットに参加しないひともいます。デュッセルさんは、ひっそりと暗がりにすわって、愛する妻のロッチェさんからの贈り物をひとりで楽しんでいるのです。

親愛なるキティー、やっと静かになったと思ったとたん、しきりに銃声がとどろきはじめました。すぐさま逃げられるようにと、あわてて身のまわりの品を"避難用のかばん"にまとめること、四度におよびました。

何をしているの？
もちろん逃げる準備よ！
どこへ？　そんなことより、髪をとかしてちょうだい。

ママの髪、タールでかためたみたいね。
髪が悪いんじゃないわ。くしのせいよ。

確かに、くしの歯はずいぶん欠けています。

そんなくしを見ていたら、隠れ家へ持ってきてから丸1年たった、ほかのものも気になってきました。

たとえば、食卓にかけるオイルクロスは、一度も洗ったことがありません。

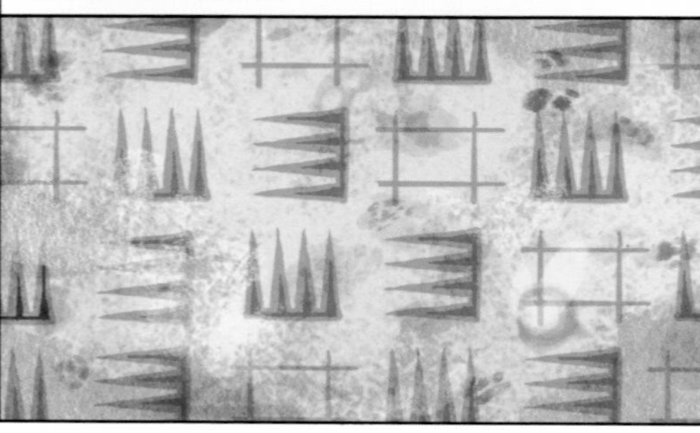

パパのネクタイは虫食いだらけ。

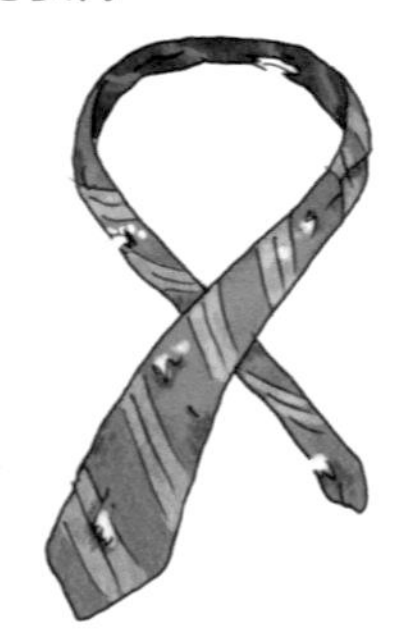

ママのコルセットはつくろえないほどぼろぼろ。

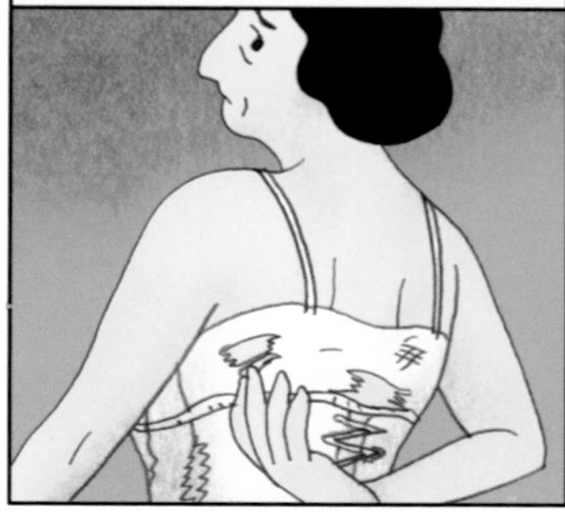

マルゴーのブラジャーは2サイズも小さくなっています。

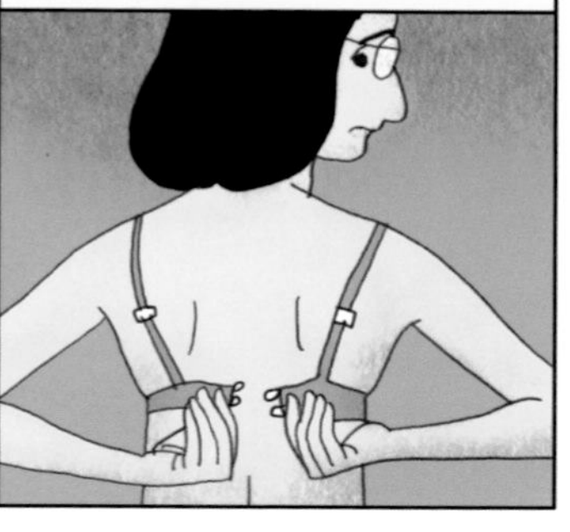

おばさんのストッキングは……！

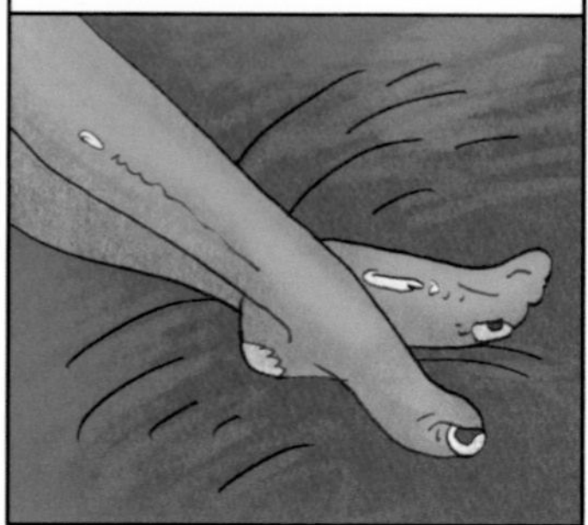

ファン・ダーン夫妻のシーツも、1年間洗わないままです。

ときどき考えてしまいます。今は私のパンツからパパのひげそり用ブラシにいたるまで、何もかもひどい状態だけど、はたしてこれがいつの日か、戦前の水準にもどることがあるんだろうか、って。

CINEMA

1943年6月13日(日)

親愛なるキティーへ、きのうの私のお誕生日のためにパパが書いてくれた詩は、とてもすてきなので、あなたにもご披露します。自慢できるほどの出来ばえかどうかは、ご判断にまかせます。例年のように、この1年の出来事をかいつまんで回顧したあと、詩はこのように続いています——

ここではいちばん年若だが、おまえはもう幼児ではない、
しかし人生はきびしいだろう、われわれ年長者が周囲から、
あれこれとおまえに指図しようとするからね。
「私達には経験がある、私達から学びなさい」
「私達は知っているのだ、自分もむかしやったことだから」
「年長者には年の功がある、それを知るべきだね」
少なくともこれが、今までずっとつづいてきた法則だった！
自分の欠点は小さく見えるものだ、だから他人の欠点は批判しやすい、他人のそれは二倍にも大きく見えるものだから。
どうかわれわれを、おまえの両親を、広い心で見てほしい、
これでもおまえを公平に、共感をもって判断しようとしているのだから。
欠点を直されたら、ときには不本意でも、すなおにしたがってほしい、それは苦い薬を飲むようなものだろう、
だが平和を保つためには、それを受けいれなくてはいけない、
やがてそのうちには、この苦しみも終わるだろう。
おまえは一日じゅう本を読んだり、勉強をしたりして過ごしている、今までにいったいだれが、こんな変わった暮らしをしてきただろうか。
おまえはけっして退屈せず、いつもさわやかな風を運んできてくれる。
おまえの嘆きはひとつだけ——「いったい何を着たらいいのかしら？
パンツすらないし、今持ってるのもみんな小さい、
肌着はみんなぞうきん同然、でも私にはそれしかない！
靴をはこうとすれば、指をちょんぎらなくちゃならない、
ああ、ああ、情けない、私には悩みが絶えない！」
そうさ、四インチも背がのびれば、
前に着てたものが着られなくなってもしかたがないさ。

私達は偉大なる支援者をふたり失うことになりました。ひとりはフォスキュイルさん。潰瘍でおなかをあけてみたところ、かなり進行しているがんだとわかったんです。残された時間はわずか。親切なフォスキュイルさんのおかげで、これまでは世間のようすとか、倉庫の人達から聞いたうわさ話なども教えてもらえましたが、これからは無理です。彼は私達にとってまたとない味方でした。

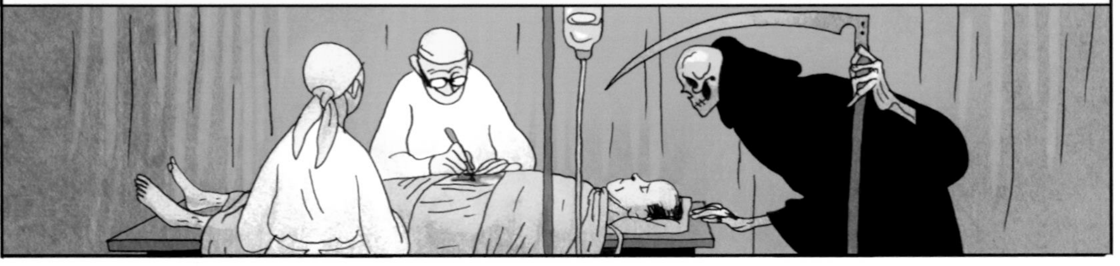

もうひとりは、
頼りになる古いラジオです！

前線からのニュースを市民に聞かせたくないナチ当局の命令で、来月にはこのラジオを供出しなくちゃなりません。

1943年7月11日（日）

親愛なるキティー、本当はよくわかってるんです。ちょっぴりいい子らしくふるまってみせれば、もっとみんなとうまくやってゆけるってことぐらいは。

わあ、おしゃれ！
パリのモデルみたい！

いっしょにお祈りしてくれる？
もちろんよ、ママ。けさはもうすましたけど、いいわ。

神様、どうか永遠にいい子らしくふるまえる力をおあたえください……。

すてきなネクタイピンですね。

ピンじゃなくて、ただのしみだよ。
そのとき、自分がひどい近眼になっているのに気づきました。

ペップに、目医者に連れていってもらうのが一番じゃないかしら。
ぜったいいや！
危険すぎるわ！
変装すれば、だれもユダヤ人だとは思わないわよ。

まずレインコートを着る。

そしてサングラスをかける。
ほら、もうユダヤ人には見えない。

ぼうしもかぶりましょう。

まあ想像してみてください。外に出るんですよ、街を歩くんですよ！　考えるだけでどきどきします。目が見えなくなって、隠れ家で餓死するほうが、まだましだという気がするくらい。

## 1943年7月16日（金）

泥棒さわぎです──しかも本物！
けさ、ペーターが倉庫へおりたところ、泥棒が入ったことに気づきました。ペーターは即刻パパに知らせ、みんなは一日じゅう階上にいることになりました。こういう場合に守るべき規則は、いつも決まっています。水を使わないこと。話をしないこと。トイレも使用しないこと。泥棒は、かなてこで入り口のドアをこじあけ、倉庫のドアも破って侵入したのだそうです。ところが、倉庫にはあまり金目のものがなかったので、つぎに二階の事務所を荒らし、金庫をふたつ盗んでいったとか。

金庫の中には、40ギルダーと、よりにもよって150キロ分もの砂糖の配給切符がありました。
でも、もっと悪いことにならなくて、本当によかったと思います。

1943年7月23日（金）

キティー、あなたはまだ戦時体制を生きぬいたことがないでしょうから、ほんのおなぐさみまでに、いずれまた外で暮らせるようになったとき、私達ひとりひとりが真っ先に何をしたいか、それをご紹介しましょう。

マルゴーは、丸二日、おふろで過ごしたいそうです。

プディングの
おかわりをどうぞ。

『オデュッセイア』は
あるかしら？

もう少しピアニッシモでお願い。

ファン・ダーンのおばさんは
ケーキを……。

ひとつだけ……。

いえ、も少し、いいかも。

ママは本物のコーヒーが飲みたい。

パパはフォスキュイルさんが生きているうちにお見舞いにゆきたい。
おや、オットー、おそすぎたようだな。

ペーターは街へくりだしたい。

デュッセルさんは、愛するロッチェさんに会いにゆくことしか考えていない。

そして私は、また学校へ行きたい！

1943年7月26日（月）

親愛なるキティー、きのうは一日じゅう、混乱と騒動とで暮れました。

午前8時半
サイレンの音で起きると、目をあける前から恐怖がおしよせてきました。

午前9時～12時
頭をまくらでおさえて、耐える だけ。

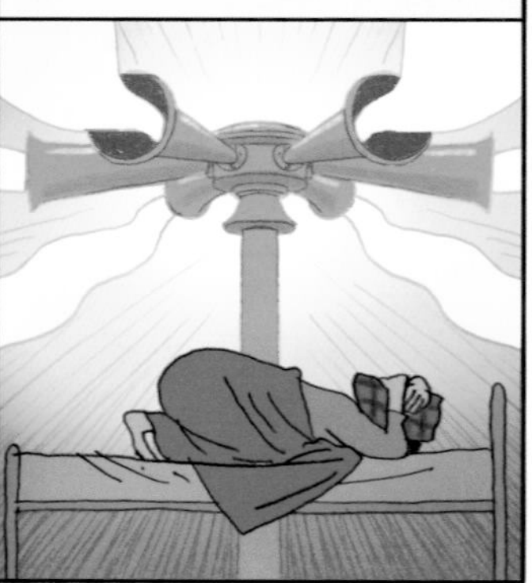

午後1時
避難用のかばんに荷物をつめて、逃げる準備をしました。

午後2時半
マルゴーといっしょに事務所の仕事のお手伝いをしました。

Opekta

午後3時
二度めの警報。安全なのは部屋の入り口だけのように思えます。

午後4時
また避難用のかばんをしっかりかかえこみました。

午後5時
いつものやりとり……。

おたくの娘、だいじょうぶ？
もっとしっかりしないとね。

ペーターだって
だいじょうぶかどうか。
おたくのご主人もね。
朝の火薬のにおいはすがすがしいなあ。

午後7時
せっかく夕食を楽しんでたのに、
サイレンの音を聞いただけで、
いっぺんに食欲がなくなります。

午後9時
また爆撃機が来て、パパのベッドに逃げこみます。

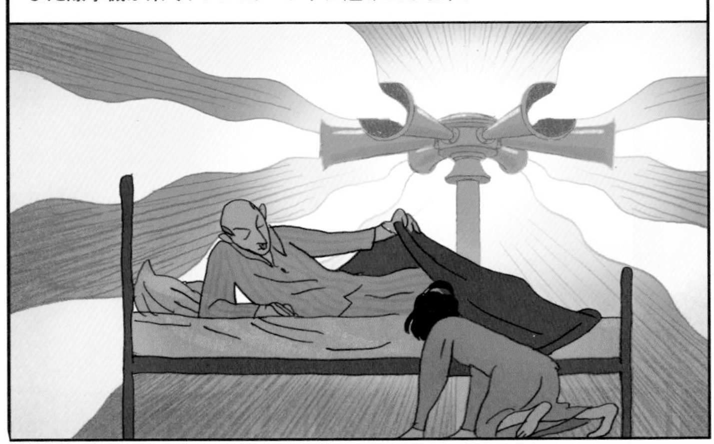

午後9時半
自分の部屋へもどります。

♪

午前1時
なおも爆撃機がぞくぞくと襲来。

午前1時～2時

午前2時
パパが部屋まで運んでくれました。

午前3時～7時
やっと少し眠りました。

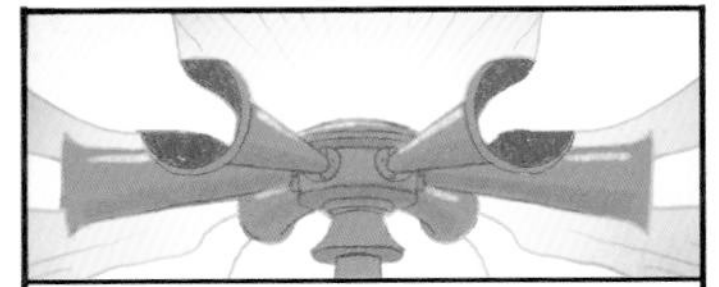

午前7時半
朝、またもや爆撃機の編隊が。

1943年7月29日（木）

親愛なるキティー、ファン・ダーンのおばさんとデュッセルさんがお皿を洗っているとき、私はなんとか我慢して、おとなしくしようとしていました。

デュッセルさんがすすめてくださった本ですけど……。
なんだね？

とてもくだらない内容だと思いました。

なんて生意気な！　あんたは子どもの姿をしたばあさんだ！
ほんとに。20年後には、楽しみをひとつも見いだせなくなっているでしょうよ。

お願いだ、アンネ、もう一度チャンスをくれ！
退屈なひとね。

こんなたわごと、20年前に読んだわ。

その曲、あなたが作曲した中でいちばんちんぷね、ショスタコーヴィチさん。

アンネ、あんたは早く結婚したほうがいいわね。
ああ、20年後には、とても相手が見つからんだろうからな。

こう言われたときのわたしの気分、おわかりになりますか？
いつか私が本を書くとしたら、タイトルは『ファン・ダーン夫人』です。

Anne Frank
MADAME
VAN DAAN
サイン会
アンネ・フランク著
『ファン・ダーン夫人』

ファン・ダーン夫人は、大むかしにドイツで生まれました。かわいい子どもでした。

お菓子を買って！　早く！

大きくなると、男の子が大好きになりました。

もっと大きくなると、浮気性になりました。ただし、相手はよく知らない人ばかり……。

それからオランダに移住しました。パパは、これ以来夫人が醜悪になったと思っています。

ママは、これ以来夫人が愚劣になったと思っています。

何があっても、
私はレディー！

マルゴーは、ここで夫人がつまらないひとになったと思っています。

私は、夫人が上の3つを合わせたより、もっと悪質だと思っています。

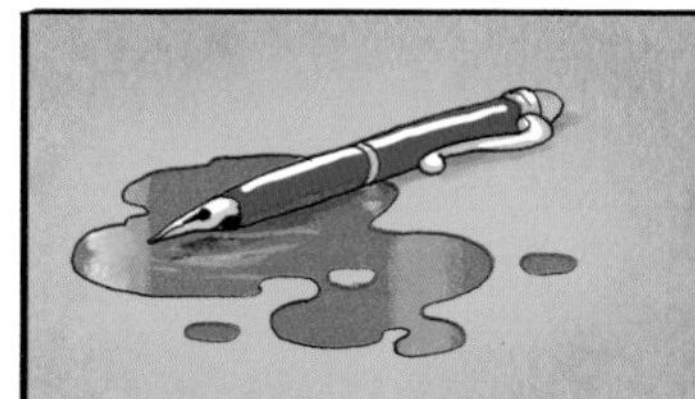

追伸――以上のくだりを書いているときには、まだ筆者の怒りがおさまっていませんでした。どうか読む方はこのことにご留意ください。

親愛なるキティー、隠れ家の生活がどんなふうかについて話をつづけます。今日の話題は、夕食です。
東の収容所でうえている
気の毒な人達のことを考えないと。
私はけっこう。
空腹ではないので。
みんなが食べるのを見ただけで、
おなかいっぱい。
食べ物が過大評価されてる。

もっと食べ物をくれ。
おれだけまだ食ってないんだから。
退屈……退屈……退屈……
死んだほうがまし。
なんで食べ終わってすぐに
おなかがすくのかな？
食べなくてもいいか。
どうせうまいものはベッドの下に
隠してあるんだから。

1943年9月10日(金)

親愛なるキティー、開戦以来のもっともすばらしいニュースをお伝えします。イタリアが降伏しました！　無条件降伏したんです！　おととい、9月8日の夜のラジオのニュースで知りました。

おまえら、投げるなら
ビールにしてくれよ！

けれどそんなことを知るよしもなかった隠れ家では、デュッセルさんが私達をあぶない目にあわせました。1か月ほど前のことです。

ミープ。ムッソリーニを手きびしく非難している本というの、手に入れてきてくれ。

でも、発売禁止の
本ですよ！
どうかお願いだ。

気をつけろ。危険なしろものだ。
爆弾なみだぞ。

ミープは、隠れ家にもどる途中、ナチス親衛隊のオートバイに出くわし、へたをしたらはねられていたかも。

そして、もし本が見つかっていたら、いったいどうなったことやら。

ミープがけがをして動けなくなったら……。

そうなったら、いよいよ支援者達の置かれた大変な状況について、きちんと考えなきゃなりません。この人達は天国からつかわされた守護天使です。私達が隠れ家に来たとき、この人達はまさに天使に見えました。

ところが今や、私達の情報源であり主要な物資調達者でもあるクレイマンさんが、胃に重大な問題を抱えていて、手術を受けるために、近く入院しなくてはならなくなりました。

フォスキュイルさんは、もう近づいてくる死を思うだけの身です。

フォスキュイルさんの娘のベップは、看病に明け暮れています。

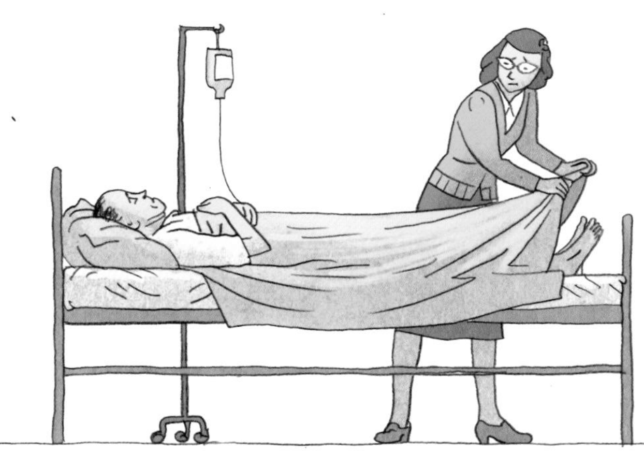

ミープがけがをして、事務所から動けなくなったら……。

クーフレルさんひとりが、仕事をみんな背負いこんでしまうことになります。

守護天使達がいなくなったらどうなってしまうのか、ふとそれを考えると、私は深い悲しみに襲われます。

1943年9月16日（木）

親愛なるキティー、倉庫で働いているファン・マーレンというひとのせいもあって、私は眠れなくなっています。彼が隠れ家の存在を疑いはじめたようなのです。

おい、ミープ、なんで1日に何度も
実験室へ行くんだ？
大きな実験をしているところなのよ。

ベップ、待ちくたびれたよ。
どこへ行ってたんだ？
上です。

上？　いったいぜんたい、こんなに
長く上で何をやってたのかねえ。

おや、クーフレルさん、
どちらへ？
となりの薬局だよ。

ファン・マーレンが疑うので、クーフレルさんは泥棒よろしく、私達のところへこなきゃなりません。通じている階段をそっとあがってじかに。

クーフレルさんだけはうまい言い訳をしました。
ミープとベップとクレイマンは、この建物の
裏側で闇の商売でもやってるんじゃないかね。
ありえないよ！　われわれはあそこを
所有してさえいないんだから。

夜、ファン・マーレンのことを心配していると、それが悪夢に変わります。

目下のところ私は、ちょっとしたうつ状態です。何が原因なのかはうまく説明できませんけど、たぶん、私がおくびょうだからでしょう。そしてこれが、このところ私がしょっちゅうぶつかってる問題なんです。

毎日の不安とゆううつを忘れるため、沈静効果のある吉草根の錠剤を飲んでいます。

けれど、深い眠りも救済にはなりません……いやな夢がしのびよってくるんです。

いつかまたいい世の中が来て、私達がふつうに暮らせるようになるなんて、とても想像がつきません。もちろん私だって、「戦争が終わったら」なんてことをよく話題にはしますけど、それはたんなる空中楼閣、けっして実現することのない夢なんです。
この《隠れ家》に住む私達8人、この8人が私には、黒い、黒い雨雲に囲まれたちっぽけな青空のかけらのように思えます。私達の立っているこの円い、はっきり境界を区切られた地点は、今のところまだ安全ですけど、周囲の黒雲はだんだん近づいてきていますし、せまりくる危険から私をへだてているその円は、しだいに縮まってきています。今では、危険と暗黒とにすっかりとりまかれているので、私達は必死に逃げ道をもとめて、おたがい同士ぶつかりあっているのです。下界を見れば、そこでは人間同士が戦っていますし、上を見れば、そこは平穏で、美しい。けれども一方、その巨大な黒雲は私達をさえぎり、上へも下へも行かせてくれずに、つき破れない壁さながら、前に立ちふさがっています。それは私達をおしつぶそうとしていますが、まだそこまでにはいたっていません。私にできるのはただ、泣きながら祈ることだけです。「どうかあの黒い輪が後退して、私達の前に道がひらけますように」と。

1943年10月17日(日)

クレイマンさんが復帰しました。その一方で、ファン・ダーン一家のお金が底をつき、夫婦げんかが始まりました！

これが最後のタバコになりそうだ。
どうして？
なけなしの100ギルダーを紛失した。

どこで？
おそらく倉庫でだ。

それがどんなに危険なことか、ふたりはまるでわかっていません。そのお金がどうしてそこにあるのか、ファン・マーレンがつきとめようとでもしたら大変です。お金の工面はというと……。

あなたのスーツを売りなさいよ。どうせここでは必要ないんだから。
本気か？　死んだウサギをどっさり使ってるおまえのコートはどうなんだ。あれを売れば大金が入るぞ。

失礼な！　レディーに向かって！

そこでまずクレイマンさんがおじさんのスーツを売ろうとしましたが、ダメ。

つぎはペーターの自転車……。これも、ダメ。

それで、しかたなくこうなりました。

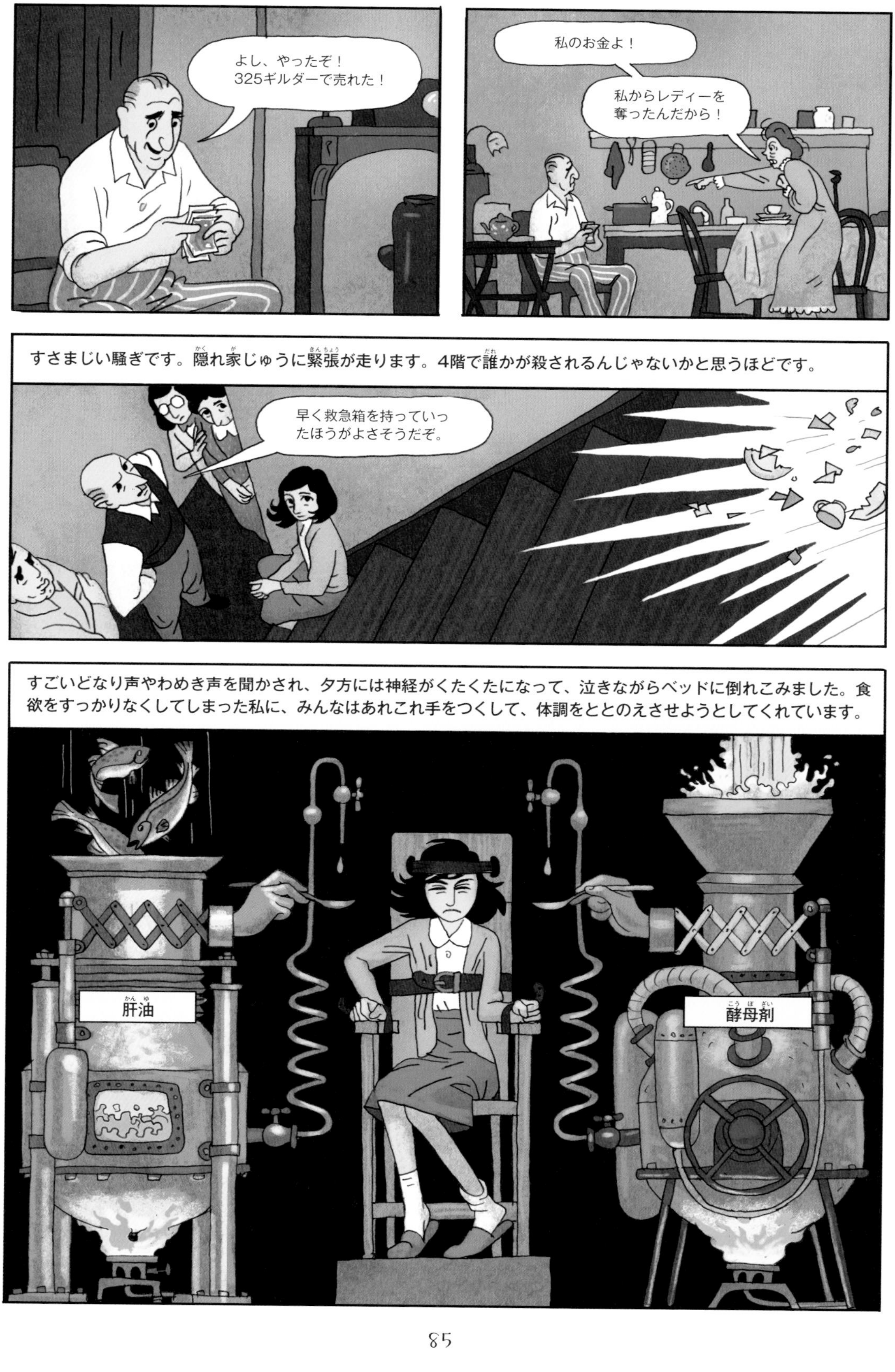

よし、やったぞ！
325ギルダーで売れた！

私のお金よ！
私からレディーを
奪ったんだから！

すさまじい騒ぎです。隠れ家じゅうに緊張が走ります。4階で誰かが殺されるんじゃないかと思うほどです。

早く救急箱を持っていったほうがよさそうだぞ。

すごいどなり声やわめき声を聞かされ、夕方には神経がくたくたになって、泣きながらベッドに倒れこみました。食欲をすっかりなくしてしまった私に、みんなはあれこれ手をつくして、体調をととのえさせようとしてくれています。

肝油

酵母剤

1943年10月30日（土）

どうしてマルゴーの本を
読んでいるの？
いいじゃない。マルゴーは
今、いないんだから。

いるわよ。どうして私の本を
読んでるの？

少しも私をほうっておいて
くれないのね。

おまえだって自分の本を
横取りされたくないだろう。

ジーザス・クライスト
（ああもう）、
うちの家族にはうんざりよ！

ジーザス（キリスト）？
ホーリー・モーゼズと
言いなさい。

※モーゼはヘブライ人の指導者。モーセとも。「ホーリー・モーゼズ」も驚きなどを表すさけび声を意味する。

ママは何かというとマルゴーの味方をします。それは誰の目にも明らかです。もちろんふたりのことは愛していますけど、それはふたりが私のおかあさんであり、お姉さんであるからにすぎず、一個の人間としては、ふたりともくたばれと言ってやりたい。パパについては、ぜんぜんちがいます。パパがマルゴーをほめたり、抱きしめたりするたびに、何かが私の胸の中でうずきます。パパがとても好きだからです。パパだけが私の尊敬できる人です。世界じゅうでパパ以上に愛してる人はいません。なのにパパは、残念ながらマルゴーと私とを差別してることに気がつかないんです。たしかにマルゴーは——

世界一かしこくて、

やさしくて、

かわいくて、

すばらしい娘でしょうけど！

私だって、少しはまじめに考えてもらう権利があると思います。「私はいつだって家族の中の出来そこない、みそっかす扱いされてきました。何をしても、きまって二度ずつ代償を支払わされてきました——最初はまずしかられて、そして二度めにはしかられたことで感情を傷つけられて。無意味な情愛だの、いわゆるまじめな話し合いだのでは、もう我慢できません。私がパパにもとめているのは、パパが私にあたえてはくれない何かなんです。マルゴーをねたんでいるのではありません。けっしてねたんだことはありません。彼女がかしこくて、きれいなのを、うらやましいとも思いません。私はただ、パパの本当の愛情がほしいだけなんです。パパの子供としてじゃなく、私自身として、アンネというひとりの人間として、愛してもらいたいだけなんです。

私がこれほどパパに執着するのは、ママに対しては日ごとにけいべつの念が深まるだけだから、そしてパパを通してしか、家族愛の名ごりのようなものを持ちつづけていられないからなんです。だのにパパは、ときどき私がママについて、うっぷんをぶちまける必要があるってことをわかってくれません。そのことを話題にしたがらないんです。話がママの欠点にふれそうになると、頭からその話題をさけようとします。けれども私にしてみれば、ママと、ママの欠点という問題は、ほかの何にもまして、見過ごしにはできないことなんです。とてもそれを自分の胸ひとつにたたんでおくことなんかできません。そういつもいつも、ママのだらしなさとか、あてこすりとか、薄情さとか、そういったものばかりを指摘してはいられないにしても、私のほうがいつもまちがってる、とは必ずしも思えないんです。

ママとはあらゆる点で正反対です。ですから当然、衝突せざるをえません。ママの性格について、私の口から良いとか悪いとか言うつもりはありません。それは私の判断できることではないからです。私はただ、ママをひとりの母親として見ているだけですが、そういう目で見ると、ママはあまり母親らしいとは思えません。となると、私は自分で自分の母親役をつとめる必要がありそうです。今までも私は、なるべく家族のみんなとのあいだに距離を置こうとしてきましたし、こうして自分で舵をとってゆくうちには、いずれどこに船をつけたらいいかもわかるでしょう。私がとくにこういったことを考えるのは、心の中に、完全な母親とは、妻とは、こうあるべきだというイメージが描かれているからです。ところが実際に"おかあさん"と呼ぶべき人には、そのイメージがかけらほども見あたらないのです。

私はいつも、ママの悪い点には目を向けないように心がけています。なるべくママの良い点だけを見、ママの中に見いだせないものは、自分自身の中にもとめようと努力しています。でも、うまくゆきません。何より悪いのは、パパもママも、私の気持ちの中のこういう亀裂を理解してくれないこと。そしてこの点で私は両親を責めます。よく思うんですけど、子供を絶対的に満足させられるような、そういう親って、どこにもいないんでしょうか。

ときどき私は、神様が私をためそうとしていらっしゃる、そう考えることがあります。今もそう考えますし、将来もそれは変わらないでしょう。私はほかにお手本もなく、有益な助言も得られないまま、ただ自分の努力だけで、りっぱな人間にならなくてはなりません。そうすれば、将来はもっと強くなれるでしょう。今書いているこの手紙、これを私以外のだれが読むでしょう？　自分以外のいったいだれから、私はなぐさめが得られるでしょう？　なにしろ、なぐさめが必要になるのは毎度のこと、そのたびに自分の弱さを痛感して、自分が情けなくなるたちなんです。私の欠点はあまりにも大きい。それを知っているからこそ、来る日も来る日も、自分を向上させようと努めているのです。

私に対する扱いは、日によってずいぶんちがいます。アンネはとてもかしこくて、何を教えてもかまわない、そういう日があるかと思えば、翌日には、アンネは本からいろいろすばらしいことを覚えたつもりでいるが、そのじつ、なんにも知らないばかな子供だと決めつけられる！　でも私はもう赤んぼでもなければ、何をしても笑って許される、甘やかされただだっ子でもありません。自分なりの意見も、計画も、理想も持っています。ただそれを、うまく言葉では言いあらわせないだけなんです。

じっさい、寝ていても、たくさんのことが胸のうちでぶくぶくふきこぼれそうになっています。もういいかげんうんざりさせられてる人たち、いつだって私の気持ちを曲解する人たち、そういう人たちをがまんしなくちゃならないためです。私がきまってこの日記帳にもどってくるのは、それだからなんです。キティーはいつもしんぼう強いので、この中でなら、私の言い分を最後まで聞いてもらえるからなんです。ここで、キティーに約束しましょう——どんなことがあっても、前向きに生きてみせると。涙をのんで、困難の中に道を見いだしてみせると。たったひとつ私の望むのは、その努力の結果を今見きわめることができたら、あるいは、私を愛してくれてるだれかから、一度でいいから励ましてもらえたら、ただそれだけです。

どうか私を責めないでください。ただ、この私だってたまには爆発しそうになる、そういうことがあるのをわかってほしいんです。

じゃあまた、アンネより

1943年11月27日（土）

親愛なるキティー、きのうの夜、眠りに落ちる直前、学校で親友だったハンネリが目の前にあらわれました。やつれた顔をしていました。

アンネ、どうして私を見捨てたの？

この地獄から救いだして。お願い！

正直に言うと、もう何カ月も、いえ、1年近くも、ハンネリのことは思いだしもしませんでした。恥ずべきことです。私はここで望むものをすべて手にしているのに、ハンネリは外で死に直面しているのですから……。

今では、ハンネリの大きな目がたえず眼前にちらついています。

1943年12月22日（水）

親愛なるキティー、ひどい流感にやられて、長らくお手紙が書けずにいました。

毛布にもぐって咳をおし殺します……ナチスに聞かれないように。

ゴホッ。

ハチミツ入りミルクと生卵もためしました。

吸入も。

ぬれタオルも。

乾いたタオルも。

湯たんぽも。

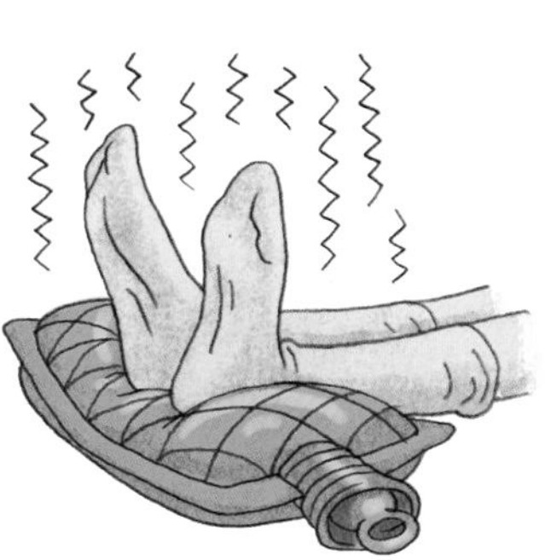

最悪だったのは、デュッセルさんが自分は医者だったと急に思いだしたときです。

せめてご自分の鼻毛を
切ってからに……。

深く息を吸って。
その前にひげを
そったほうが……。

二度と私にさわらないで！

ハヌカー祭（ユダヤ教の神殿清めの祭り）とクリスマスとを同時にお祝いできるなんて、私達ぐらいのものでしょう。支援者のみんなからも、たくさん贈り物をもらいました。

1943年12月30日（木）

親愛なるキティー、隠れ家に多少の落ち着きがもどってきたと思ったら、巨大な雷雲が頭をもたげはじめました。原因は全部、食べ物のこと。皮切りはファン・ダーンのおばさんの提案です。

朝食のベークドポテトの量をへらして、その分を昼と夜の食事にまわさない？
とんでもない。大反対ですよ。


隠れ家で15カ月も過ごすうち、私達は食べ物をなんでも半分ずつ分けるようになりました。

14……15

この肉、もっとあぶらのあるほうをもらえる？
いいわよ。うちはあぶらを食べないから。


砂糖までも……ジーザス・クライスト（まったくもう）！じゃなくて、ホーリー・モーゼズ！

ファン・ダーン一家と完全に生活を別にすることができたら！

高望みよね……。

1944年1月2日（日）

親愛なるキティーへ

けさ、とくにすることもなかったので、これまでに書いたページのあちこちを読み返していたところ、何カ所か“おかあさん”のことを書いた箇所にぶつかりましたけど、それがずいぶん過激な調子で書いてあったのには、われながらびっくり。思わずこう自問しました。「アンネ、本当にこれ、あんたが書いたの、“にくらしい”なんて？　よくもこんなことが書けたわね」って。

私はひらいた日記帳を手にしてすわり、それについて考えてみました。これを見ると、激しい憤激ににえくり返り、憎悪にあふれてるように見えるけれど、どうしてそこまで思いつめて、それを洗いざらいあなたにぶちまけなくちゃいられなかったんだろう、って。それ以来、ずっと考えつづけ、なんとか1年前のアンネを理解してやろう、弁護してやろうと努めているところです。なぜって、今ふり返ってみて、どうしてそういう結果になったのか、はっきり説明することもできずに、こんなひどい非難の言葉だけを日記帳に書き残しておくのでは、私の良心が許しませんから。考えてみると、この当時も、そして今も私の欠点になっているのは、いわば、頭をたえず水面下につっこんで、物事を主観的にしか見ようとしない、そんな私の気質なんです。それがため、他者の言葉を冷静に受けとめることもできなければ、それらがこちらの気の変わりやすさゆえに怒らせた人、傷つけた相手からの言葉であることをじっくり考慮したうえで、適切な対応をすることもできなくなっているわけです。

私は自分の殻の中にとじこもり、自分のことだけを考えて、あらゆる喜びや悲しみ、けいべつの念などを、人知れず日記に書きしるすことで満足してきました。この日記は私にとって、言うまでもなく貴重なものですけど、それというのもこれが、一種の回顧録にもなっているからです。けれどもまた一方では、たぶん多くのページに、“これは過去のこと、すんでしまったこと”と書いてすますこともできるでしょう。

これまでは、よくおかあさんのすることにふんがいしたものでした（今でもちょくちょくそういうことがあります）。たしかに、おかあさんが私の気持ちをわかっていないというのは事実ですが、私もおかあさんの気持ちをわかっていないんですから、おたがいさまかもしれません。事実、おかあさんは私を深く愛してくれましたし、やさしくもしてくれました。ただ、私のためにさんざんいやな思いをさせられたうえ、ほかの心配事や苦労も重なり、そのためいらいらさせられどおしだったのですから、私に当たりちらした気持ちも今ではよくわかります。

私はそれを深刻に受けとめすぎました。そして反抗的になって、ごうまんな態度をとったり、おかあさんに八つ当たりしたりしたので、今度はおかあさんが腹を立てたわけです。ですからこれはいってみれば、双方で不愉快さとみじめさというボールをたえず投げあっていた状況、というところでしょう。どっちにしても楽しいことじゃありませんでしたが、それももう終わりです。これまで私はその状況を直視することをきらい、自分ひとりをあわれんでいましたけど、それもやはり、わからないではありません。日記の中で過激な言葉をぶちまけたのも、たんに内心のふんまんにはけ口をあたえていただけです。ふつうの生活をしていれば、そういううっぷんも、かぎをかけた部屋の中で二、三度地団駄をふんだり、おかあさんのいないところで思いきり悪態をついたりするだけで、たやすく解消できたはずなんですけど。

私のことでおかあさんが涙を流すような、そういう時期は過ぎました。私も多少はかしこくなっていますし、おかあさんも一時ほど神経をぴりぴりさせてはいません。むかっとしたときには、こちらはたいがい黙りこんでしまいますし、おかあさんも同様です。ですからおかあさんとのあいだでは、以前よりもずっとまさつが少ないように見えます。ただ母親を頼りきっている子供のように、おかあさんでなければ夜も日も明けない、などということもありません。

今私は、こういうきつい言葉は紙の上にだけ書くからこそいいのだ、そう思って自分をなぐさめています。そうでなければ、そのとげはいつまでもおかあさんの心につきささったまま、ぬけることがないでしょうから。

じゃあまた、アンネより

1944年1月6日(木)

親愛なるキティー、きのう、赤面症について書かれた論文を読みました。著者はまるで私個人にあてはめて書いているみたいです。

思春期の少女は、とかく自分の殻にひきこもりがちになるのと同時に、自分の体に起こりつつある驚異についても考えるようになるものだ、って。

私は生理があるたびに（といっても、今までに3度あったきりですけど)、めんどうくさいし、不愉快だし、うっとうしいのにもかかわらず、甘美な秘密を持っているような気がします。

だいじょうぶかい？

なんで笑ってるのかね？

楽しいからよ。きいてくれてありがとう。

生理になる前から、そういうことは感じていました。とくによく覚えているのは、学校の友人のジャック（ジャクリーヌ）のうちに泊まったときのことです。

ねえ、ジャック、
胸をさわりっこしない？
なぜ？

友情のあかしとして。
ぜったいいや！

彼女にキスしたいという強い欲求にかられ、ついそうしてしまったことも覚えています。

私はいつも女性の裸体を見ると、うっとりしてしまいます。
ああ、女のお友達がいてくれたら！

1944年1月6日(木)

親愛なるキティー、だれかと話をしたいという欲求が、あまりにも強くなってきています。

ペーター？

おいでよ。よかったら手伝ってくれる？

すごい！　そのピース、ずっと見つからなかったのに……。

本当はこう言いたかった。あなたのきれいで深みのある目に、どうして今まで気づかなかったのかしら。あなたって、とってもやさしくて繊細だったのね。

でも、言ったのは、こうでした。
このあいだ、赤面症についての論文を読んだの。

ええと……。

あの……
それで……。

……その……ええと……著者のシス・ヘイステルが言うには、男の子は、思春期にさしかかって、それにともなうあれこれについて考えはじめると、とたんに赤面するようになるんですって……。

女の子は赤面しなくていいね。

その夜、夢を見ました。ペーターと私が有名な博物館にいて、ジグソーパズルのもとになった絵を見ています。

すると彼がふりむいて……。
会いたくてたまらなかったよ、アンネ……。

それはペーターではなく……大好きだったペーテルでした。ペーテルが私を訪ねてきて、真実の愛を思いださせてくれたのです……。

1944年1月7日(金)

親愛なるキティー、ペーテルの夢を見たせいで、完全に心がゆれ動いています。
おや、けさはごきげんじゃないか！

だれのことを考えているかパパに知ってもらえたら。

これが私？
すんだ目
バラのほお

わたしは想像しました。ペーテルといっしょに泣いていたら……。

こうなったところを！

キティー、うっかり忘れてましたけど、かつての私の恋物語について、まだお話ししてませんでしたね。

小さいとき、私はサリー・キンメルが好きでした。

サリーはチビでひょうきんでした。

プーッ。

でもある日……。

あの人、
だれ？
いとこの
アッピー。

アッピーとつきあったかって？
やっぱりサリーが好きでした。

アッピーは二枚目俳優みたいになりましたけど……。

そこへ登場したのがペーテル。

ねえ、学校まで
送ってっていい？

わたしは何カ月もペーテルと親しい仲でした。

休暇旅行に行ってくるよ。
待っててくれ！

帰ってきた彼は、いっぱしのおとなでしたが、私は子供のまま。

心の傷をいやすのには長い時間がかかります。

ちょっとした戦争の不安も、それを忘れる助けにはなります……。

やがて私の心は、新たにペーターによっていやされました。

1944年1月24日（月）

親愛なるキティー、以前なら、家でも学校でも、だれかがセックスの話題を持ちだすたびに、なにか神秘的なような、さもなければいやらしいような、そんな感じがしたものでした。

彼女のふたつのメロン、すごくなかった？
いやね、アンネったら！
そのあと彼がおおいかぶさってきて……。
よくそんな話ができるわね。
ただの映画のシーンよ、マルゴー。

そういうことは男の子と話しちゃだめ。もし向こうが話したら、無視しなさい。


きのうのことでした。なんのはずみか、猫のモッフィーの性別の話になりました。3人でジャガイモの皮むきをしていたときのことです。

おなか、大きくなってるわね。子猫はいつ生まれるの？
モッフィーはオスだよ。
オスが妊娠？

信じないのかい？じゃあ、自分で見てごらんよ。


マルゴーは興味がなかったか、恥ずかしかったようですが、私は好奇心をおさえきれず、モッフィーの生殖器を確かめにゆくことにしました。

こうがんがあるはずよね？
去勢手術で取ったんだ。けど、生殖器はまだある。


※モッフィーは以前からこの建物に住みついていた猫。

手術に立ちあったの？
もちろん。
足をおさえてた。

ペーター、どうして生殖器って言うの？
別の名前があるでしょ？
どんな……？

女ならワギナ。

ワギナ？　なるほどね。それと同等の名前か。おかあさんに聞いてみるよ。

おかあさん。

本当ならこういうことは、女の子とだって、こんなにあたりまえみたいな調子で話すべきじゃなかったでしょう。おかあさんが男の子とそういうことを話しちゃいけないと注意したのは、女の子となら話してもいい、という意味じゃなかったのはよくわかっています。
いずれにしろ、きのうはそのあと一日じゅう、自分がふだんの自分じゃないように思えてなりませんでした。今でもそのときのペーターとのやりとりを思いだすと、なんだかおかしな気分に襲(おそ)われますが、少なくともそのおかげで、ひとつだけ利口になりました。こういうことを冗談(じょうだん)の種にしたりせず、ごく自然に話しあえる相手——それも異性の——そういう人が世の中には、じっさいにいるってことがわかったことです。

男はペニス。

1944年1月28日（金）

隠れ家生活はきびしさを増していますが、私がとくに楽しみにしているのは、クーフレルさんが毎週月曜日に雑誌「映画と演劇」を買ってきてくれることです。

さあ、アンネ。
じつをいうと、最近はなかなか手に入らないんだよ。

Cinema & Theater

私は批評をすべて読みますし、人気映画のストーリーも全部そらで言えます。もちろん出演者もみんな。お気に入りの女優たちを参考に、ヘアスタイルを変えて、意気ようようと部屋に入ってゆくのも好きです。

ベティ・デイヴィス

ジョーン・フォンテイン

キャロル・ロンバード

キャサリン・ヘプバーン

イングリッド・バーグマン

マレーネ・ディートリヒ

親愛なるキティー、今朝ふと考えてみました。ひょっとしたらあなたは、古いニュースの断片をくり返し反芻させられて、ときには牛みたいな気分になってるんじゃなかろうかって。私にも退屈なことはわかってるんです。でも、しょっちゅう古い話を持ちだしてくる年寄り達に、私がどれだけうんざりしているかを想像してみてください。せんじつめれば、こういうことになります。私達8人のうちのだれが会話の口火を切っても、必ずほかの7人が、その当人にかわって話をしめくくることができますし、どんなジョークもはじめから底が割れているんです。

ウサギの巣穴がいちばんの隠れ家……ウサギの巣穴がいちばんの隠れ家……ウサギの巣穴がいちばんの隠れ家……。
連合軍がもうすぐやってくる。あと数日だ……連合軍がもうすぐやってくる。あと数日だ……。
東へ送られる子供達のことを考えなさい。あなたはどんなにめぐまれているか……東へ送られる子供達のことを考えなさい。あなたはどんなにめぐまれているか……。
闇市の物価は天井知らずだ……闇市の物価は天井知らずだ……。
レディーとして生まれたんだから、死ぬまでレディーでいるわ……レディーとして生まれたんだから、死ぬまでレディーでいるわ……。
あのすばらしい日を思いだすよ。愛するロッチェと私は、ゆっくりと川の中に沈んでいった……私は平気だった……あのすばらしい日を思いだすよ……。
孤独をいやすにはタバコがいちばん……孤独をいやすにはタバコがいちばん……。

新聞は、連合軍の上陸作戦のことで持ちきり。おまけに、「かりにイギリス軍がオランダに上陸することがあれば、ドイツ軍は防衛のため、あらゆる手段に訴えることになろう。必要ならば、洪水作戦にふみきることもありうる」などとも。洪水作戦で水没するはずの地域を示した地図も載っていて、アムステルダムは大半その中に含まれるとか。そうなったら私達はどうしたらいいのか。泳ぐとか、ボートを手に入れるとか……意見はまちまちです。

1944年2月8日(火)

だれよりも大切なキティーへ、目下のところ私は、珍しく内省的な気分が高まり、ありとあらゆる物事について、とりとめもなく考えてみることがつづいていますが、そのせいかどうか、おのずと目が向いたのが、おとうさんとおかあさんの結婚生活のことでした。これまで、ふたりの結婚は、理想的な結婚生活と私の目には映ってきました。おたがい口論もせず、不機嫌な顔も見せず、どこから見ても夫婦一体であり、エトセトラ、エトセトラ、と。

結婚前のおとうさんについては、私も多少のことは知っていますし、知らないところは、想像力で補ってきました。というわけで、この問題について私の持っている率直な印象を言わせてもらえば、おとうさんはたんに、おかあさんが自分にふさわしい妻になると考えたので、それで結婚したのにすぎません。ただ、これははっきり認めますし、敬服もしていますけど、おかあさんがおとうさんの妻という役割をしっかりと受けとめ、私の知るかぎりでも、一度として不満を唱えたり、焼きもちを焼いたりすることなどなかったのは事実です。自分が夫の愛情の対象として、けっして第一位になることはないと知らされること、これが夫を愛する妻にとって、つらいことでないとは思えませんし、またおかあさんにも、そのことはちゃんとわかっていました。そういうおかあさんの態度におとうさんが感服し、おかあさんを得がたい人格の主だと考えたことはまちがいありません。とすれば、ほかのだれと結婚する理由があったでしょうか。かっておとうさんのいだいていた理想は、とうに打ちくだかれ、青春の日々も遠く去ってしまったのですから。では、その結果として、どんな結婚生活が実現したでしょう？　たしかに言い争いもなく、意見の食いちがいもありませんが、あいにく、理想の結婚とはとても言えません。おとうさんはおかあさんを尊重し、愛してはいますが、でもその愛は、おとうさんが結婚に対して思い描いていたたぐいのものとはちがうのです。おかあさんをあるがままに受けいれて、ときにいらいらさせられることがあっても、なるべく文句は言わずにすませる、これがおとうさんの態度です。というのも、これまでの結婚生活でおかあさんが、どれだけ多くをたえしのんできたか、それがよくわかっているからです。

おとうさんは、会社のこと、世の中のこと、周囲の人達のこと、その他、どんな問題についても、必ずしもおかあさんの意見をもとめたりはしません。何かをおかあさんに話すときにも、すべてを話すことはありません。それというのも、おかあさんが何かといえば感情的、批判的になりすぎるうえ、その見方も往々にしてかたよっているからです。おかあさんに対するおとうさんの気持ちは冷めきっています。おかあさんへのキスは、私達ほかのみんな

にする場合と変わりませんし、おかあさんをよいお手本として挙げることもまったくありません。なぜなら、お手本にはならないからです。おとうさんがおかあさんに向ける目は、からかうようであったり、ひやかすようであったりしますが、けっして愛情がこもっているとは言えません。ことによると、おかあさんがまわりのみんなにとげとげしい、無愛想な態度をとるようになったのは、これまであまりにも多くをたえしのんできたせいかもしれませんが、あいにくそれは確実に、おかあさんを愛される人柄から遠ざけ、敬愛の念をかきたてにくくしているのです。そのうちいつかはおとうさんも、否応なく気づかされることになるでしょう――おかあさんが、うわべではけっしておとうさんの全面的な愛情を要求することなどなくても、そのじつ内心ではじょじょに、でも確実に、ぼろぼろになってゆきつつあることに。おかあさんは、ほかのだれよりも深くおとうさんを愛しています。そしてこの種の愛情がむくいられないのを見せつけられるのって、とてもむごいことだと思います。

そうなると、実際問題としてこの私は、もっとおかあさんに同情を感じるべきなのでしょうか。もっとおかあさんの助けになってあげるべきなのでしょうか。そしておとうさんにも？――無理です。だって、いつも夢想してるのは、ほかのおかあさんを持つことなんですから。とてもそんなことはできません。どうしてできるでしょう？　これまで一度だっておかあさんは、自分のことを私に話してくれたことなどありません。こっちも話してくれと頼みはしませんでしたけど。おたがい相手が何を考えてるかなんて、知りもしないんです。私はおかあさんと心を打ち割って話すことができません。おかあさんの冷たい目を、愛情をこめて見ることもできません。ええ、できませんとも、ぜったいに！　ああ、たったひとつでいいからおかあさんが、理解ある母親の持つとされている資質を持っていてくれたら――やさしさでも、親しみぶかさでも、しんぼう強さでも、なんでもいい、なにかひとつを。そうしたら私も、なんとかこちらからおかあさんに近づこうとする努力をつづけたでしょうに。ところが、このなんとも鈍感な生きもの、このいつもこちらをばかにしている親――こんな人間を愛するとなると、これは日ごとにむずかしくなってゆく難問なんです！　じゃあまた、アンネより

1944年2月14日（月）

親愛なるキティー、とてもうれしいことに（あくまでも正直にお話しするつもりですけど）、日曜の朝から、ペーターがしきりに私のほうを見ているのに気づきました。ふつうの意味でじゃありません。

目が合うたびに温かい感情が身内を流れます。
なるべく小ぶりのジャガイモを探すのを手伝ってくれない？
なぜ？
マルゴーのお誕生日にあげるの。

それじゃ、贈り物にならないわ。

アンネ、きみがうらやましいよ。
私が？
自分の言いたいことを言えるだろ……。

ぼくは子供のころ、かっとなると……。

すぐに手を出す悪いくせがあった。

今じゃ、のべつラジオのダイヤルをいじるデュッセルさんに、何か言おうとしても舌がもつれる。むかしのくせが健在なら……。

ダイヤルをいじりまわすのはやめろ！

私を買いかぶりすぎよ。私の言うことって、たいてい長すぎるし、無神経すぎるもの。

かもね。だけど、きみはどぎまぎしたりしないじゃないか。

そうね、あんたがそう言うなら……。

1944年2月23日（水）

今朝、いつものように、起きてすぐにペーターのいる屋根裏部屋へ行きました。

私は黙ってお気に入りの場所にすわりました。

ペーターがそばに来てくれました。

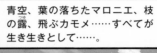

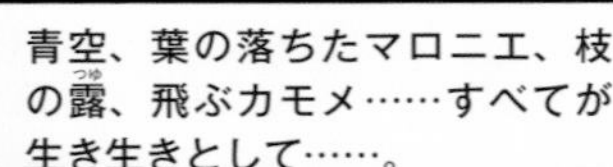
青空、葉の落ちたマロニエ、枝の露、飛ぶカモメ……すべてが生き生きとして……。

感動でしばらく口もきけません。

以下は、ペーターへ、思いつくままに。
私達はここで、とてもさびしい思いをしています。不自由なことはたくさんありますし、それもずいぶん長い期間になります。あなたと同じに、私もそれをさびしく感じているのです。たんに物質的な面のことばかり言っている、とはお思いにならないで。その点では私達は、めぐまれすぎるほどめぐまれているのですから。そういうことではなく、私の言いたいのは、精神的な面のことなのです。あなた同様、私もやはり自由にあこがれ、新鮮な空気を渇望していますが、今では、そういう不自由に対して、私達はじゅうぶんな代償を得ているとも考えるようになりました。代償と言っても、内面的な代償のことです。今朝、窓の前にすわっているとき、私は外をながめて、そこに自然の奥深さと、神様の存在とを実感として感じました。そのとき私は幸福でした。そしてペーター、ここでその幸福を手にしているかぎり、自然に対する、健康やその他の多くのものに対する喜びを感じているかぎり、そのようなものをずっと手ばなさずにいるかぎり、人はいつでもしあわせをつかむことができます。

どんな富も失われることがありえます。けれども、心の幸福は、いっときおおいかくされることはあっても、いつかはきっとよみがえってくるはずです。生きているかぎりは、きっと。孤独なとき、不幸なとき、悲しいとき、そんなときには、どうかお天気のいい日を選んで、屋根裏部屋から外をながめる努力をしてみてください。街並みだの、家々の屋根を見るのではなく、その向こうの天をながめるのです。恐れることなく天を仰ぐことができるかぎりは、自分の心が清らかであり、いつかはまた幸福を見いだせるということが信じられるでしょう。

1944年2月28日(月)

だれよりも親愛なるキティーへ
まるで悪夢になりかかっています。夜にだけでなく、昼間にも彼のことが一刻も頭を離れないのに、じっさいには少しも彼に近づけません。それでいて、だれに対しても、何ひとつさとらせてはなりませんし、本当は絶望にひきさかれているのに、陽気な表情をくずしてはならないのです。ペーテル・スヒフとペーター・ファン・ダーン、ふたりがひとりになりました。私の大切な、すてきな人、死ぬほどあこがれるひとりの人。そう、私はおセンチになってる——それはわかっています。絶望にとらわれ、ばかげたことばっかり言ってる——それもわかっています。ああ、どうか私に力を貸してください!
じゃあまた、アンネ・M・フランクより

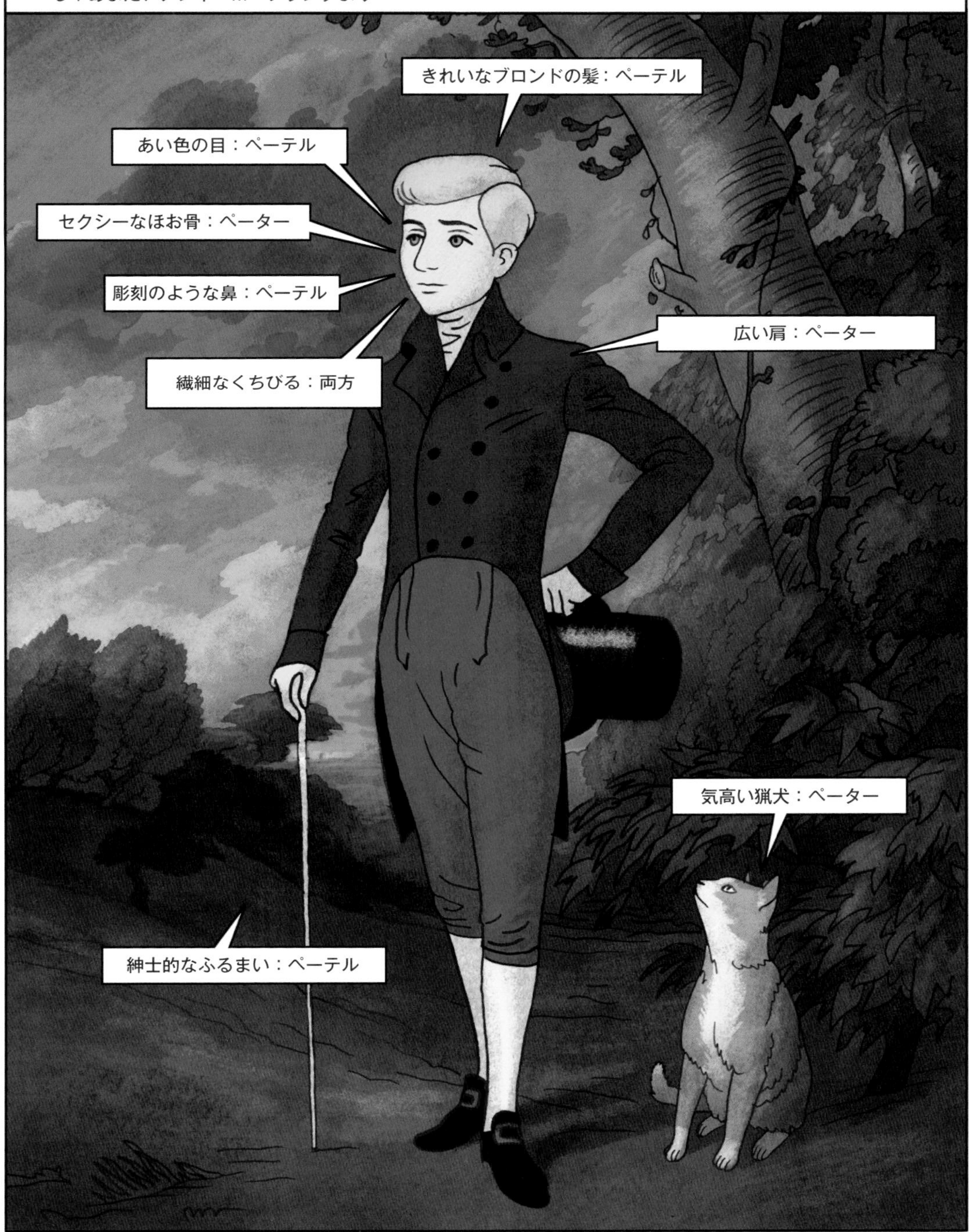
きれいなブロンドの髪:ペーテル
あい色の目:ペーテル
セクシーなほお骨:ペーター
彫刻のような鼻:ペーテル
広い肩:ペーター
繊細なくちびる:両方
気高い猟犬:ペーター
紳士的なふるまい:ペーテル

1944年3月7日（火）

親愛なるキティー、おととし、1942年の生活のことを今思いだすと、まるで夢のような気がします。

天国のような暮らしを楽しんでいたアンネと、ここの壁の中にとじこめられて、すっかり賢くなったアンネとは、まるきり別人のようです。

1942

以前は、どこに行ってもボーイフレンドが5人はいました。

今夜、私を映画に連れていってくれるのはだれ？
おれ。
ぼく。
ぼく。
ぼく。
おれ。

友達をみんな連れてくるなんて言ってなかったじゃないか。
みんなじゃないわ。とくに仲のいい子を20人だけよ。

学校では、先生方にもとてもかわいがられていました。

もっとも驚くべき事実は、あのナポレオンが絹の下着を身につけていたことです！

アンネ、じつにすばらしい。いったいどうやってその情報を手に入れたのかね？

もちろんでっちあげですが、私はすごいおしゃまで、愛きょうたっぷりだったので、ちやほやされていたんです！

そんなに人気があって、ちょっぴりいい気になりはしなかったかって？　さあ、学校にいたころの私を、みんな本当はどう思っていたんでしょう。

あの子は喜劇女優ね、
まさしく……。
父親に甘やかされすぎ！
いつもお小づかいを
どっさり持ってたし。
すてきな子さ。彼女のため
ならなんだってするよ。
そうね、たとえ戦争が身近
にせまってきても、それを
冗談にしてしまえる子よ。

それにしても、おとといしごろの私は、あれほどいろんな点でめぐまれていたのにもかかわらず、必ずしも幸福ではありませんでした。ちょくちょくさびしさを感じることもありましたが、それでも、一日じゅうとびまわり、遊びまわっていましたから、あまりそのことを考えることもなく、せいぜい毎日を楽しんでいました。意識してか、無意識にか、冗談でむなしさをまぎらそうとしていたんです。
現在の私は、人生について真剣に考えていますし、生涯の一時期が永久に終わってしまったこともさとっています。あののんきな学校生活は過去のものとなり、二度ともどってきはしないでしょう。さしてそれらをなつかしく思うこともありません。そういうものは卒業してしまいましたから。真剣に物を考えている自分がつねに存在するので、屈託なく道化役を演じることも、もはやできません。
今ではもっぱらペーターのためにだけ生きています。なぜなら、ペーターこそが多くのものを左右するでしょうから。今後私の身に起こるだろう非常に多くのことを。今では、夜、ベッドに入って、お祈りの最後に「この世のすべてのすばらしいものや愛しいものに対して神様に感謝します」ととなえるとき、私の心は歓喜に満たされます。そして思います、こうして隠れ家生活をつづけられることの、健康であることのすばらしさを。私の全身全霊をあげて思います、ペーターの“愛おしさ”と、今はまだ芽生えたばかりで、すごく感じやすく、ふたりともあえてまだ名づけようとも、手をふれようともしないあるものの“愛おしさ”を。愛、未来、幸福など、この世を意義あらしめているすべてのものの美しさを思います。世界、自然、その他すべてのものの、すべての傑出したものの、すべてのみごとなものの、比類ない美しさを思います。そんなとき私は、あらゆる不幸のことはいっさい考えません。ただひたすら、今なお眼前にある美についてだけ考えます。

自分じゃなくてよかった。

ふさいだ気分でいるときのおかあさんの助言。

ひたすら前を見るのよ、
アンネ。

ふさいだ気分でいるときの私の助言。

この点こそがおかあさんと私とでは、まったく態度の異なる点のひとつです。
だれかがふさいだ気分でいるとき、おかあさんはこう助言します。「世界じゅうのあらゆる不幸のことを思い、自分がそれとは無縁でいられることに感謝なさい」って。それにひきかえ、私の助言はこうです。「外へ出るのよ。野原へ出て、自然と、日光のめぐみとを楽しむのよ。自分自身の中にある幸福を、もう一度つかまえるように努めるのよ。あなたの中と、あなたの周囲とにまだ残っている、あらゆる美しいもののことを考えるのよ。そうすればしあわせになれるわ！」おかあさんの考え方は、とても正しいとは思えません。だって、もしそうなら、自分自身が不幸の中をさまよっている場合、いったいどうふるまったらいいんでしょう。お手あげじゃありませんか。それとは逆に私は、どんな不幸の中にも、つねに美しいものが残っているということを発見しました。それを探す気になりさえすれば、それだけ多くの美しいもの、多くの幸福が見つかり、人は心の調和をとりもどせるでしょう。そして幸福な人はだれでも、ほかの人をまで幸福にしてくれます。それだけの勇気と信念とを持つ人は、けっして不幸におしつぶされたりはしないのです。

じゃあまた、アンネ・M・フランクより

1944年3月8日（水）

最近よくペーターの夢を見ます。おとといの晩は、こんな夢でした。私はここの、この居間にいて、アポロ・ホールのアイススケート場で見かけたことのある、ある少年とスケートをしています。

彼は妹とここへ来ていて、妹というのは、ひょろひょろしたきゃしゃな脚をしています。私はすごく気どった調子で、彼に自己紹介します。アンネ・フランクともうしますけど、あなたのお名前は？
ぼくはペーテルだよ。
私は、いったい何人のペーテル＝ペーターを知ってることになるのかしら、なんて考えます。
急に場面が変わると、ペーターの部屋にいて、彼は私にキスしますが……。
ちゃらちゃらなんかしてないわ。
ちゃらちゃらしてるきみはきらいだ。
でも、ペーターのほおにはがっかり。ちょうどおとうさんのほおみたいに、とうからひげをそっているおとなの男性のほおでしたから。
目がさめたときには、ほっとしました。現実には、きらいだなんて言われなかったわけですから。

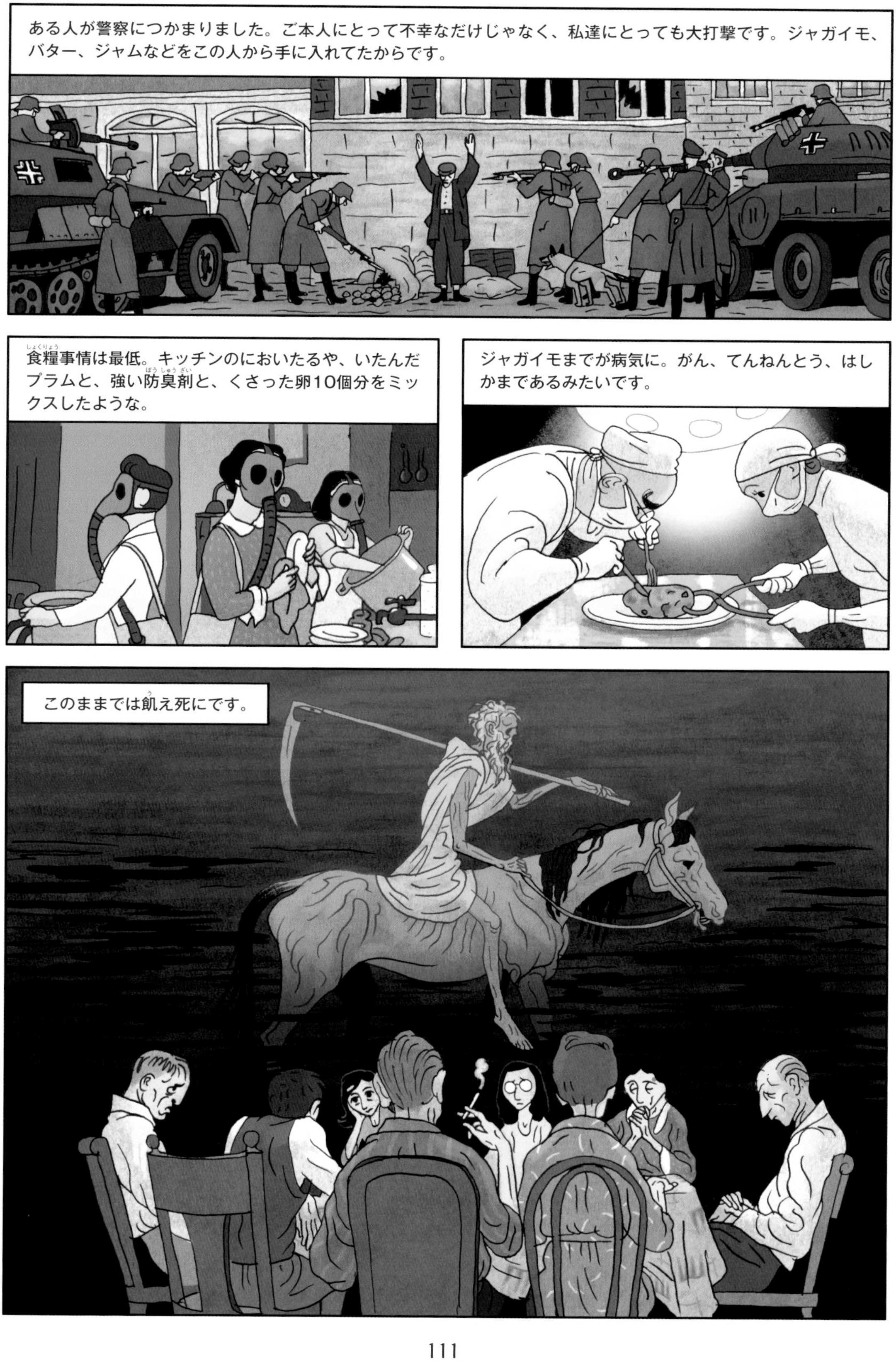

ある人が警察につかまりました。ご本人にとって不幸なだけじゃなく、私達にとっても大打撃です。ジャガイモ、バター、ジャムなどをこの人から手に入れてたからです。

食糧事情は最低。キッチンのにおいたるや、いたんだプラムと、強い防臭剤と、くさった卵10個分をミックスしたような。

ジャガイモまでが病気に。がん、てんねんとう、はしかまであるみたいです。

このままでは飢え死にです。

1944年3月20日（月）

親愛なるキティーへ

このところ私の幸福感にちょっとした影がさしています。これまでずっと、マルゴーもペーターをとても好きなんだと思ってきました。どれくらい好きなのかはわかりませんけど、それにしても、きっといやな気持ちでしょう。私はペーターに会いにゆくたびに、はからずもマルゴーを傷つけているわけです。不思議なのは、めったにマルゴーがそれを外にあらわすことがないってこと。私だったら、きっと嫉妬で気もくるわんばかりになってしまうでしょうに、マルゴーときたら、何もすまないなんて思ってくれなくてもいい、そう言うだけ。
「でも私なんか、ひとりだけ仲間はずれにされるのはつまんないと思うけどな」
私がそう言うと、「慣れてるもの」と、いささかしんらつな答え。

ところが、マルゴーのやさしさを示す証拠が届きました。この手紙は、私達が会話してから数時間後に受けとったものです。

アンネへ

きのう、あなたに焼きもちなんか焼いていないと言いましたけど、あれは半分しかほんとじゃありませんでした。ほんとはこういうことです。私はあなたにも、ペーターにも、嫉妬なんかしていません。ただ、自分が胸襟をひらいて語りあえる相手をまだ見つけていないということ、ここ当分は見つけられそうもないこと、これがちょっと悲しく思えるだけです。でも、そういうことをあなたに向かってぐちるのはやめておきましょう。どっちみち、世間の人が当然として受け取っているようなことも、ここではがまんしなくちゃならない場合が多いんですから。
それはともかく、はっきり言えるのは、ペーターとはどっちにしろそう親しくはならなかっただろうということです。というのも、私がだれかといろいろなことを語りあいたいと思えば、その人とはごく親密な、すべてを許しあえる仲でなくちゃならないと思うからです。こちらが多くを語らなくても、相手はこちらの気持ちをとことん理解してくれている、そう思いたいのです。となると、その相手は、私よりも知的にすぐれていると感じられる人でなくちゃなりませんし、ペーターの場合、あいにくそれにはあてはまりません。その点、あなたとペーターならうまくゆくと思います。
あなたは、もともと私に所有権のあったものを、横どりしてるわけじゃないんです。これっぽっちも私に気がねなんかする必要はありません。あなたもペーターも、きっとおたがいの友情から多くを得て余りあるでしょう。

以下は私の返事です——

マルゴーへ

やさしいお手紙、とてもうれしく思いました。でも私は、やっぱりそれほどすっきりした気持ちにはなれませんし、これからもきっとそうでしょう。
今現在、私とペーターとのあいだには、お姉さんの考えるほど深い信頼関係があるわけじゃありません。薄暗がりでひらいた窓のそばにいるときは、明るい日ざしのもとにいるときよりも、おたがい話しやすいというだけです。それに、自分の気持ちを表現するのにも、高らかに語るより、そっとささやくほうがたやすく思えます。きっとお姉さんはペーターに対して、姉か妹のような親近感を持ちはじめているはずだし、私と同じに、喜んで彼をなぐさめてやりたいと考えるようにもなるはずだ、そう私は信じています。あるいはそのうちに、本当にそうなるかもしれません。もっともそれは、私達の考えている信頼関係とは異なるものですけど。私の考えでは、それは相互的なものでなくちゃなりません。まあこの話はこれぐらいにしておきましょう。もしまだ何か希望があったら、手紙に書いてください。私としても、紙に書くほうがずっとすなおに心のうちを表現できますから。お姉さんにはわからないでしょうけど、私は心からお姉さんを崇拝しています。なんとかしてお姉さんやおとうさんのいいところを、少しでも身につけられればいいんですけど。だってそういう意味では、おとうさんとお姉さんとはとてもよく似ていますから。

アンネより

以下はマルゴーからです——

アンネへ

きのうのお手紙を読んでから、あなたがペーターのところへ行くたびにうしろめたさを感じてるんじゃないか、そう思って、申し訳ないような気がしています。でも本当に、そんな気がねをする理由なんかないんです。本心を言えば、私にだってだれかと相互的な信頼関係を分かちあう権利はあるという気はしますけど、まだ今のところ、ペーターではその相手としては物足りません。
もっとも、たしかにあなたの言うように、ペーターにはいくぶんきょうだいのような感情を持ってはいます。ただし……向こうを弟として。これまでは、おたがい触手をのばしてさぐりあっている状態でした。もしそれがふれあえば、姉と弟のような親愛の情が育つかもしれません。いずれそれが育つのか、ぜんぜん育たないで終わるか、どっちになるにせよ、まだ今はその段階まで達していないことは確かです。ですから、本当にあなたに同情してもらうにはおよびません。
あなたはすでに心の友を見いだしたんですから、今はせいいっぱいそれを楽しめばよいのです。

マルゴーより

1944年3月23日（木）

きのう、近くに飛行機が落ちました。乗員はどうにかその前にパラシュートで脱出し、機体だけが、ある学校に墜落しました。小規模な火災が起き、ふたりの死者が出ました。降下してくる乗員たちをねらって、ドイツ軍が猛烈な一斉射撃を浴びせたので、このひきょうなやりくちに市民はみんなふんがいして、今にも爆発せんばかり。私達――というのは、ここの女性軍のことですが――こちらもほとんど気が遠くなりそうでした。じっさい、あんなときにねらい撃ちするなんて、あんまりだと思います。

1944年3月24日（金）

だれよりも大切なキティーへ

そのうちぜひペーターにきいてみたいんですけど、彼は女性のあそこが実質的にどんなふうになってるか、知っているでしょうか。私の思うに、男性のあそこは女性のほど複雑じゃないようです。写真だの絵だので、裸の男性のようすは正確に見ることができますけど、女性のは見ることができません。女性の場合、性器だかなんだか、呼び名はなんだか知りませんけど、その部分は両脚のあいだの、ずっと奥にあります。おそらく彼も、そんなに近くから女の子のそれを見たことはないでしょうし、じつをいうと、私もありません。男性については、説明するのもずっと簡単ですけど、女性については、いったいどうしたらその部分の構造を彼に説明することができるでしょう。というのも、彼の言ったことから推測するかぎり、彼も細部の構造についてはよく知らないみたいだからです。彼は“子宮口”がどうのとか言ってましたけど、それはずっと中にあって、外からは見えないはずです。女性のあそこは、全部がはっきりふたつに分かれたみたいになっています。11歳か12歳のころまでは、私もそこに二組の陰唇があることには気づきませんでした。どちらもぜんぜん見えませんから。私の誤解の最たるもの、いちばんこっけいだった点は、おしっこがクリトリスから出てくると思っていたことです。いつぞや私はおかあさんに、ここにある小さな突起みたいなものはなんなのかときいてみたことがありますけど、知らないとの答えでした。いまだにおかあさんは、なんにも知らないようなふりをしています。
とはいえ、そのうちまたその問題が持ちあがってきた場合、いったいどうしたら実例を使わずに、その仕組みを説明できるでしょうか。なんならここで、いちおうそれをためしてみるべきでしょうか。えっへん、ではやってみましょう！
立ったところを正面から見た場合、見えるのはヘアだけです。両脚のあいだに、小さなクッションのような、やはりヘアの生えたやわらかな部分があって、直立すると、それがぴったり合わさるので、それより内側は見えなくなります。しゃがむとそれが左右に分かれますが、その内側は真っ赤で、みにくくて、生肉っぽい感じです。てっぺんに、外側の大陰唇にはさまれて、ちっぽけな皮膚の重なりがあり、よく見ると、これが小さな水ぶくれのようなものになっているのがわかります。これがクリトリスです。つぎに小陰唇があって、これも小さなひだのように、たがいに合わさっています。これをひらくと、その内側に、私の親指の頭ほどもない、小さな肉質の根っこのようなものがあります。この先端は多孔質で、それぞれ異なる小さな孔がたくさんあり、おしっこはここから出てきます。さらにその下の部分は、一見ただの皮膚のように見えますが、じつは、ここに膣があります。見つけにくいのは、このあたり全体が小さな皮膚の重なりになっているせいです。その下の小さな孔は、見たところおそろしく小さく、ここから赤ちゃんが出てくることはおろか、男性がはいってこられるとさえ思えないくらいです。それほど小さな孔なので、人差し指を入れることもできません――少なくとも、簡単には。たったそれだけのものなのに、これがとても重要な役割を果たしているんです！

じゃあまた、アンネ・M・フランクより

1944年3月28日（火）

どうして“ご老人”達は、いちいち私とペーターの仲に口出ししないではいられないんでしょう。

悪いけど、アンネ、もう上には行かないでちょうだい。あの子があなたに夢中になっているのがわからない？かわいそうに……お願いだから、気を持たせないであげて。
ああ、くたびれた……もうだめ。こんなときこそ、ひとり息子にいてほしいのに、どこにいるの？
なんと言われようと、私はペーターから離れないわ。
見なければ、ないことになって、ないことになれば、傷つかなくてすむ。
アンネ、おまえは虚栄心が強い。みんなが自分に夢中だとでも思ってるんだろうか……。
まったくやっかいだな、息子に対するおまえの独占欲の強さは……。

何が私達をこんなにもひきつけあっているのか、それも“ご老人”達にはわからないでしょう。さいわい私は、本心を隠すことに慣れていますから、どれだけ彼に夢中になっているかも、みんなにはさとらせないようにしています。

彼が腕に頭をのせ、目をつむって横になっているところは、まだあどけない幼児のようです。

ムッシーと遊んでいるところは、やさしさがあふれています。

ジャガイモを屋根裏部屋へ運んでいるところは、力強く見えます。

見張りに立って、砲撃のもようを確かめたり……。

暗い中で泥棒を警戒したりしているところは、勇敢そのものです。

無器用に、ぎごちなくふるまうときには、とてもかわいい感じです。

今まで、私をきれいだと言ってくれた人はめったにいませんでした。ところが、きのうのことです。ペーターから最大級の賛辞をささげられました。

ねえ、
笑ってくれない？
どうしていつも
そう言うの？

笑うと、とってもかわいい
えくぼができるからさ。
生まれつきよ。私のただひとつの
チャームポイントね。

1944年3月29日（水）

親愛なるキティー、ロンドンからのオランダ語放送で、ボルケステインという政治家が言っていました。この戦争が終わったら、戦時中の国民の日記や手紙などを集めて、集大成すべきだというんです。さっそくみんなが私の日記に注目しだしたのは言うまでもありません。もしこの《隠れ家》での物語を発表できるようなことになれば、どんなにおもしろいか、まあ考えてもみてください。

3001年に、考古学者が第二次世界大戦当時の家を丸ごと一軒掘りあてるという、世紀の大発見をしたとしたら……。

ボス、これを見てください！

小説じゃないな。日記だ。それも大むかし、ユダヤ人が皆殺しにされていたころの日記だぞ。

彼らは知るでしょう。空襲のあいだ、女達がどれほどこわい思いをして逃げていたかを。

350機ものイギリス空軍機が1日で500トンからの爆弾を落としたとき、この家がどれほど激しくゆれ動いたかを。

短期間にどれだけ多くの伝染病がまんえんしていたか、それを知っても信じないでしょう。

ジャガイモ1個の値段にびっくりするでしょう。

お医者さんは、ちょっとでも目を離せば、たちまち車や自転車を盗まれてしまうので、往診にも出かけられない始末です。8歳から11歳くらいの小さな子供が、よその家の窓をこわして侵入し、なんでも盗んでゆきます。

1秒たりとも家を
あけちゃだめ！

どの街角でも、盗まれたものがそのまま売られています。

週ごとの配給食料は2日ともちませんし、だれもが栄養失調になっています。

靴屋は重宝がられ、靴の底革を張りかえるだけで“闇”で7.5ギルダーも手にします！

こういう状況の中で、たったひとつ明るい話があります。食糧事情が悪くなり、国民へのしめつけがきびしくなるのにつれて、当局に対するサボタージュが着実にふえているということです。

1944年4月3日（月）

だれよりも親愛なるキティーへ

いつもの習慣に反して、今日だけは食べ物のことを少しくわしく書きましょう。というのも、食糧事情がいっそう悪くなり、この《隠れ家》だけでなく、オランダ全体、ヨーロッパ全体、いえ、もっと広い地域でも、それが重要な課題となってきたからです。ここへ来てからの21カ月のあいだに、私達は数えきれないほどの“食糧サイクル”を経験してきました。食糧サイクルというのは、ある一定期間、特定の献立とか、ただ一種類の野菜にだけしかお目にかかれなくなる、ということです。

12月：チコリー

砂まじりで。　砂なしで。　油でいためて。　スープにして。

1月：ホウレンソウ

巻き物にして。　サンドイッチふう。　パックの材料で。　ポパイなみに元気に。

2月：ミートローフ

そのままで。　アート作品に。　パンケーキに。　干して。

3月：キュウリ

フランベして。　トウモロコシふうに。　つめものをして。　はめこんで。

そして今や、サンドマメの4月です。体も、頭も、心も、すっかり豆だらけ。もし全世界に豆のガスが充満したら……。
ブスー
ブッ
シュー
プー
ププッ
バフッ
ブピー
ププププ
ピー
ブー

1944年4月11日（火）

日曜日の夜、ペーターが、倉庫の方でガンガンという大きな音がするのを聞きました。わが家の“国土防衛隊”の男4人がかけつけると、泥棒が品物を盗みだしている最中。ファン・ダーンのおじさんが思わず「警察だ！」とさけぶと、泥棒は逃げたのですが……。通りかかった夫婦づれもいて、いずれ警察に通報されるでしょうから……。

ああ、これで一巻の終わりだ。今日は復活祭の当日。ぼく達がこんなところにいるなんてあやしいと思われる。もう死んだも同然だ……。

あの小僧、こんな日にこんな場所で何やってんだ？まあ、通報はしねえだろう。通報したら、あいつ自身がやばいからな。

見られた！　人質にするか？それとも、路地にほうりだすか？

……。

恐れていたとおり、警察がやってきて、建物の中を捜索しはじめました。最悪の瞬間は、回転式の本棚の向こう側にこられたときです。本棚をガタガタさせる音がすると、みんな息を殺し、8つの心臓が激しく高鳴りました。誰もがみな、死を覚悟しました。

1.
2.
3.
4.
5.
6.
7.
8.

1.
最後の最後までどうどうとしていよう。

2.
アンネの日記を燃やしておくんだった。われわれに不利な唯一の証拠なんだから。

3.
レディーとして生きたんですもの、レディーとして死ぬわ。

4.
これがおれの最後の望みだ。

5.
神様、これまでのお慈悲に感謝いたします。

6.
いつもいい子でいたことが、とうとうむくわれるのね。

7.
きのうの夜、告白すればよかった。

8.
キティーが焼かれるなら、いっそ私も！

1944年4月16日(日)

誰よりも親愛なるキティー、きのうの日付を覚えておいてください。私の一生の、とても重要な日ですから。もちろん、どんな女の子にとっても、はじめてキスされた日と言えば、記念すべき日でしょう？　だったら、そう、私にとっても、やっぱり大事な日であることは言うまでもありません。

20:00
彼は戦争が終わる前に行動を起こしてくれるかしら？

ゆうべの8時ごろ、私とペーターはいつもの姿勢で彼の部屋のソファベッドにいました。

20:30
そろそろしおどきよね。

21:00
もしかするとただの友達のまま？

21:10
つまんない。

21:15
あーあ。

21:30
ペーター、9時を過ぎたから、もう帰るわね。

どういう動きがあったのか、あんまり急だったので、自分でもよくわかりません。ふと気がつくと、彼にキスされていました。急いで彼の手をふりほどき、あとも見ずに下へかけおりましたが、今でもまだ、今日はどうなるだろうと胸をわくわくさせているところです。

1944年4月28日（金）

親愛なるキティーへ
きのう、ペーターと、いつものようにソファベッドにすわり、肩を組みあってじっとしていると、とつぜんふだんのアンネが遠のいて、第二のアンネがあらわれたんです。ふだんのアンネのようにがむしゃらでも、ひょうきんでもなく、もっとひたむきに愛し、ひかえめに生きたがっているもうひとりのアンネが。
そうして彼にぴったり寄りそってすわっていると、ある感情がうねりのようにわきあがってきて、涙が目にあふれ、左の目からはぽたぽたと彼のダンガリーのズボンに、右の目からは鼻を伝わって、同じく彼のズボンに落ちました。彼は気がついたでしょうか。そうだとしても、そんなそぶりは見せませんでしたし、身じろぎもしませんでした。もしかして、私と同じように感じているのでは？　でも彼は、ほとんど口をきいてくれません。目の前にふたりのアンネがいるということに、はたして気づいているでしょうか。この疑問も、あいにく疑問のままにしておくしかありませんでした。

1944年5月2日(火)~5月5日(金)

親愛なるキティー、土曜の夜、ペーターに相談してみました。私達ふたりのことを、いくらかなりとおとうさんにも話しておくべきだとは思わないかと。ちょっと話しあったすえ、彼もそうすべきだという結論に達しました。

パパ、たぶん察しがついてると思うけど、私、いつも上へ行ったとき、ペーターと何百メートルも離れてすわってるわけじゃないのよ。
なんだって?

ペーターはおまえに恋してるのかい?

それから、あれこれ注意されました。

ちょくちょく上へ行くのはよしなさい。

あんまり彼を刺激しないように。

こういう問題では、いつもつっ走ろうとするのは男のほうだが、女はそれを引きとめることができる。

ふつうの少年少女なら、自由に外に出られるが……。

おまえは? 彼は? どこにも行けないかごの鳥だ。

彼が自分で自分を傷つけることもありうる。

いいかい、アンネ、ペーターは
強い性格ではない。

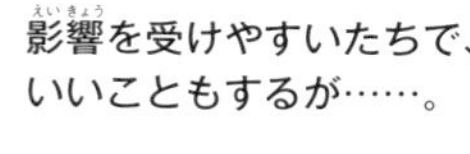

影響を受けやすいたちで、
いいこともするが……。

悪いこともするんだよ。

おとうさんは私に腹を立てています。日曜日にあらためて私と話しあったので、それだけでもう自動的に、私が毎晩上へ行くのをやめると思っていたらしいのです。“ネッキング”は好ましくない、なんて言いますが、こんな言葉、私にはとてもがまんできません。それを話題にするだけでも不愉快なのに、どうしてそんな、わざわざけがらわしく聞こえるような表現を使わなくちゃならないんでしょう。今日、そのことで談判してみようと思います。マルゴーがいい知恵を授けてくれましたので、ちょっと聞いてください。まあだいたいこんなことを言ってみるつもりです――

「おとうさん、おとうさんは私からなにか一言あってしかるべきだ、そう思っているでしょうから、それを言ってさしあげます。おとうさんは私に失望していますね。私がもっと慎重にふるまうと期待していたからです。それにたぶん、私がふつうの14歳の少女らしく行動することも望んでいるのでしょう。でも、それはまちがっています！

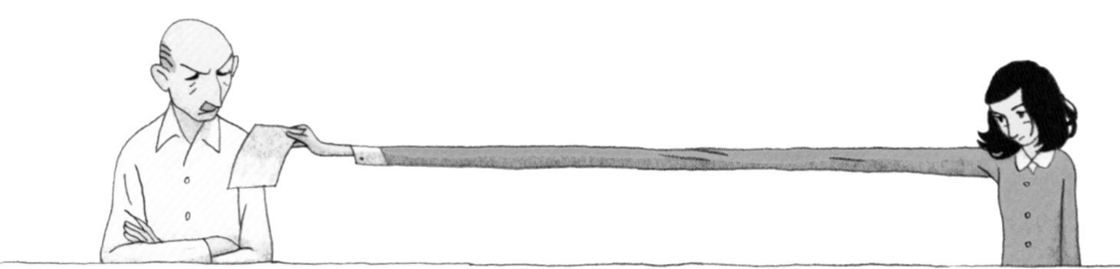

私達がここへ来て以来、つまりおととしの7月からつい数週間前まで、はっきり言って私には、ぜんぜん心の安らぐときがありませんでした。夜ごと私がどれだけ涙にむせんだか、どんなにみじめで、絶望的な気分だったか、どんなにさびしく感じていたか、それがわかってもらえたら、私が上へ行きたがる気持ちも理解してもらえるでしょう。今の私は、完全に自分ひとりで生きてゆける段階に達しました。もうおかあさんの助けはいりません。いえ、そのかぎりでは、ほかのだれの助けも不必要です。私は自分が一個の独立した人間であることを知っていますし、おとうさんやおかあさんにも、ほかのだれに対しても、少しも悪いとは思っていません。こんなことを言うのも、そうしないと、なにかかげでこそこそやっているように思われるからです。本当は、自分以外のだれに対しても、自己の行動を説明する必要なんかないはずですのに。私がひとりで苦しんでいるとき、おとうさん達はみんな目をつむり、耳をふさいで、少しの助けの手もさしのべてはくれませんでした。それどころか、聞かされるのはいつも、そんなにわめきたてるのはよせというおしかりだけ。でも私がうるさく騒ぎたてたのは、ひとえにみじめさを忘れるためです。今ようやく、その闘いは終わりました。その闘いに勝利したとわかったのです。今こそ私は自分の思いどおりの道を進みたい。自分の正しいと考える道を進みたい。私をただの14歳の少女だと考えないでください。これまでの苦しみが、私をもっとおとなにしてくれました。これからは、今までしてきたことを後悔することなく、自分のすべきだと考えることをしてゆくつもりです！

じゃあまた、アンネより

あなたにも容易に想像がつくでしょうが、《隠れ家》の私達は、しばしば絶望的にこう自問自答します。「いったい、そう、いったい全体、戦争が何になるのだろう。なぜ人間は、おたがい仲よく暮らせないのだろう。なんのためにこれだけの破壊がつづけられるのだろう」

なぜ人間は、ますます大きな飛行機、ますます強力な爆弾をつくりだしておきながら……。

……一方では、復興のためのプレハブ住宅をつくろうとしたりするのでしょう？

どうして、毎日何百万という戦費を費やしながら……。

……医療施設のために使うお金がぜんぜんない、などということが起こりうるのでしょう？

どうして、飢え死にしそうな人たちがいるのに……。

……世界のどこかでは、食べ物がありあまって、くさらせているところさえあるのでしょう？

もともと人間には、破壊本能が、殺戮の本能があります。殺したい、暴力をふるいたいという本能があります。ですから、全人類がひとりの例外もなく心を入れかえないかぎり、けっして戦争の絶えることはなく、それまでに築かれ、つちかわれ、はぐくまれてきたものは、ことごとく打ち倒され、傷つけられ、破壊されて、すべては一から新規まきなおしに始めなくちゃならないでしょう。

私はちょくちょく意気消沈することもありましたけど、絶望だけはしませんでした。この隠れ家生活を危険な冒険でこそあれ、同時にロマンティックな、おもしろいものだとも見なしてきました。この日記の中でも、すべての不自由をユーモアまじりに描いてきたつもりです。今こそ私は、ふつうの女の子とは異なった生涯を送ってみせると心に決めました。ふつうの女の子とは異なる生き方をし、さらにおとなになったなら、ふつうの主婦達とも異なる生き方をしてみせる、と。スタートはこれまでのところ、じゅうぶん波瀾に富んでいましたし、どんなに危険なときにもその中に滑稽な一面を見つけ、それを笑わずにいられないというのも、もっぱらそれだからなのです。

LE FIGARO
The New York Times.
AMSTERDAM IS BOMBED
LIFE
BAZAAR

1944年5月8日（月）

親愛なるキティー、今までうちの家族について、まとまった話をしたことがあったでしょうか。どうもなさそうです。というわけで、これからそれをお話ししましょう。おとうさんはフランクフルト・アム・マインで生まれましたけど、おとうさんの両親というのは、ものすごいお金持ちだったそうです。

FRANK BANK
パパ、これ、すごく重いんだけど。
あたりまえだ。純金だからな！

若いころのおとうさんは、お金持ちのお坊ちゃんでした。

このシャンパンは1900年もののビンテージだぞ。乾杯！

フランク夫人になるのは、この中のだれかな？

おかあさんもかなり裕福な家の出で、週末ごとに、250人もの招待客が集まる内輪の舞踏会に出席していたそうです。

ところが、第一次世界大戦時にすべてが失われ、おとうさんの銀行も傾いてしまいました。

F ANK B NK

私は、一生こんなブルジョア生活を送りたいとは思いません。パーティーやきれいなドレスにはあこがれますけど。

けさ、ミープから、土曜日にひらかれた、彼女の従姉妹の婚約祝いのパーティーの話を聞かせてもらいました。従姉妹には裕福な両親がいて、花婿のほうは、それよりももっとお金持ちの御曹司だとか。パーティーで出されたごちそうの話には、一同ただなまつばを飲むばかりでした。なにしろこちらは、スプーン2杯分のオートミールをすするだけの毎日なのですから。

ミートボール入りの野菜スープ、ひき肉をはさんだ丸パン、デコレーションケーキ、チーズ、卵とローストビーフのオードブル……。

ミープはお酒を10杯も飲んで、タバコも3本吸ったとか。日ごろ禁酒主義者を自称している人とも思えません。ミープがそれだけ飲んだのなら、ご主人のほうは、いったいどれだけグラスをからにしたことでしょう。

もしもミープがそのパーティーに連れていってくれたとしたら、私達だけで、その場に出ていた丸パンをひとつ残らずたいらげたことでしょう。もしも私達がそのパーティーに出席していたら、それこそ目の色を変えてあらゆるものにとびつき、かかえこみ、室内の家具すら残してこなかったかもしれません。まったくの話、一同ミープをとりかこんで、食いいるように彼女の一語一語に耳を傾けました。まるで、そういうおいしいごちそうの話とか、洗練された社交界の話なんて、生まれてはじめて聞くとでも言わんばかりに。世の中って、まったく妙なところです！
じゃあまた、アンネ・M・フランクより

1944年5月11日(木)

親愛なるキティー、目下のところ、目がまわるほどいそがしくて、こう言うとおかしく聞こえるかもしれませんけど、来週の予定に取り組むひまもありません。

今週:『ガリレオ・ガリレイ』を250ページ読みおえた。

来週:『ガリレオ』の第2部を読む(240ページ)。

今週:『皇帝カルル5世』の第1巻を読みおえた。

来週:皇帝カルル5世の系図や図表を整理する。

七年戦争について勉強した。

来週:九年戦争について勉強する。

アリシス
αληθης
※「真実の」の意のギリシャ語。
ソクラテス

ギリシャ語の単語を50語覚える。

ビヤン・スュール
bien sûr!
※「もちろん」の意のフランス語。
ヴォルテール

フランス語の単語を50語覚える。

ギリシャ神話の英雄たち、テセウス、オイディプス、ペレウス、オルフェウス、イアソン、ヘラクレスにも手をつけねば。

来週:大好きな映画スターたちについて、いつどんな賞を取ったかをまとめる。

さて、ここで別の話題。あなたもとうからご存じのとおり、私の最大の望みは、将来ジャーナリストになり、やがては著名な作家になることです。はたしてこの壮大な野心（狂気？）が、いつか実現するかどうか、それはまだわかりませんけど、いろんなテーマが私の頭の中にひしめいていることは事実です。いずれにせよ、戦争が終わったら、とりあえず『隠れ家』という題の本を書きたいとは思っています。それまでは短編で研鑽を積みます。先日、『キャディーの生涯』という一編を書きあげました。

ああ、ハンス、あなたがいないと元気が出ない。

キャディーはサナトリウムにいて、ハンスとの別れから立ちなおろうとしています。

ユダヤ人、うせろ！

サナトリウムから出たとき、ハンスがナチスの一員になっていたことを知ります。

どうしてそんなことを？
私がユダヤ人に同情的だって知ってるでしょう？

キャディーはまたハンスと別れます。

まかせて。胸の痛みのことならなんでもわかるから。

キャディーは看護師さんになろうと決心します。

キャディー、会いたかったよ！
信じられない。結婚してるんじゃなかった？

数年後、ふたりはコモ湖ではからずも再会します。

妻はいたが、2年前に死んだよ。
なぜ？
自殺したんだ。

キャディー、結婚してくれ！

キャディーは裕福な農場主ジーモンと結婚。だんだんジーモンを愛すようになりますが、ハンスに対する気持ちにはおよびません。彼女の胸の奥には、今もハンスが住みついているのです。

追伸――『キャディーの生涯』は、けっしてセンチメンタルなたわごとじゃないと思います。なぜって、うちのおとうさんの実体験をもとにしてるんですから。

1944年6月6日（火）

だれよりも親愛なるキティー、「本日はDデーなり」。今日12時、このような声明がイギリスのラジオを通じて出されました。まちがいありません、まさしく“きょうこそはその日”です。いよいよ上陸作戦が始まったのです！
11,000機の航空機が投入され、不眠不休で海峡を往復して、戦闘部隊を降下させ、敵の後方を攻撃しています。4,000隻の上陸用舟艇ならびに小型艦艇も、シェルブール～ルアーヴル間において、常時折り返し運航を行なっています。英米両軍の上陸部隊は、すでに激しい戦闘に突入しています。
ああキティー、上陸作戦が始まって何よりうれしいこと、それは、味方が近づいてきているという実感が持てることです。これまで長いあいだ、私達はあの恐ろしいドイツ軍に蹂躙されてきました。いつものどもとにナイフをつきつけられて暮らしてきました。ですが今や、味方の救援と解放とが目前までせまってきているのです。もはや問題はユダヤ人だけのものではありません。オランダ全体の問題なんです。オランダ全体と、そしてヨーロッパの被占領地域全体の。ひょっとするとマルゴーの言うように、うまくゆけば私も、9月か10月にはまた学校へ行けるようになるかもしれません。
追伸——夜中からけさにかけて、ドイツ軍陣地の後方に、空からたくさんの藁人形やマネキン人形が落とされました。これらは地上に落ちたとたんに爆発しました。また、落下傘兵も多数降下しましたが、彼らは暗闇で目につかないよう、顔などを真っ黒に塗っていたそうです。

親愛なるキティー、イギリス人がやっと戦いに本腰を入れはじめました。イギリスに占領されるのは好まないなどと言いつづけている人達は、それがどんなに不当な言い草か、気づいていないようです。この種の議論は、イギリスは戦うべきだ、彼らの息子を犠牲にして、オランダや、その他の被占領諸国のため、死力をつくして戦いぬくべきだというところに落ち着きます。しかもイギリスは、勝ったあとも、オランダにはとどまるべきでない、すべての被占領諸国に対し、恐懼して今までの怠慢をわびるべきであり、インドを本来の持ち主に返すべきであり、そのあとは、国力も弱り、貧しくもなったイギリス本土に引っこんでしまえ、と言っているわけです。そんなことを主張するなんて、救いがたいおばかさんだとしか言えません。オランダ人の中には、いまだにイギリス人を見くだしたり、イギリスという国や、老貴族ばかりの政府をばかにしたり、イギリス軍を腰ぬけ呼ばわりしたりしながら、ドイツ人をも毛嫌いしている、そんな身勝手な人がいます。そういう人は、一発どやしつけてやる必要があります。そうされてはじめて、彼らのにぶい頭にも、多少の分別というものがたたきこまれるでしょう！

TELEPHONE
TELEPHONE

このところ、ひとつの疑問が一度ならず頭をもたげてき、けっして心に安らぎをあたえてくれません。どうしてこれほど多くの民族が過去において、そしてしばしば現在もなお、女性を男性よりも劣ったものとして扱ってきたのかということです。こういうおおいなる不法のまかりとおってきた、その根拠を知りたいんです。

おそらく男性は、女性よりも体力に勝っていたおかげで、太古から女性に対する優越を誇ってきたのでしょう。それを黙って通用させてきたというのは、女性のほうも愚かだったとしか言いようがありません。

女ども、おまえらもほしいか？
いいえ、食べてもらえるだけで満足です。

軍人や、戦争で手柄をたてた勇士は、表彰され、勲章をもらえます。探検家は不朽の名声を博します。殉教者はあがめられます……。

なのに、どれだけの人びとが兵士に向けるくらいの崇敬の目を、女性にも向けるでしょうか。女性は子供を産むということだけでも、自由のために戦っていると大口をたたく勇士より、はるかに勇敢で毅然とした戦士として、人類の存続のために闘い、苦痛をたえしのんでいるのです。口で言うだけなら、男性もなんとでも言えるでしょう。女性が負っている苦痛をたえしのぶ必要もなければ、今後もそんな必要など起こりっこないんですから！

さいわい、学校教育、就職、世の中の進歩などで、女性の目はひらかれました。今では多くの国々で、女性は対等の権利を手に入れています。たくさんの人びと（おもに女性ですが、男性の中にも見られます）が今では、こうした状態がどれほど誤っていたかを認識していますし、近代的な女性は、完全な自主独立の権利を要求しています。

1944年6月16日（金）

親愛なるキティー、新たな問題が持ちあがりました。ファン・ダーンのおばさんがすっかりやけになっていて、こういった話ばかり持ちだします。

銃殺

うちなさいよ、このおくびょうもの！

絞首刑

つるしなさいよ、この……。

自殺

そっちがやらないなら、こっちが！

おまけに、焼きもちを焼き……。

あの子、ほんとにこのベッドにすわるの？においうわよ。

腹を立て……。

これが目に入らないわけ？
正直なところ、まったく関心がないね。

相手かまわず議論をふっかけては、悪態をつき、泣き、自己憐愍にひたり、そしてまた口論を始めます。

私はひとりぼっちで死ぬのよ。この暗闇の中で、だれにも気づかれずに。

そうしてよりいっそう、みんなの気分を悪くさせるのです。

あんたがいなくなったら、だれがそうじをすると思う？
完ぺきなタイミングだね。イギリス軍がすぐそこまで来てるってときに……。
死んだら、もうレディーじゃなくなるぞ。
やっといくらか体重がへったようね。そう思わない？

1944年7月6日（木）

親愛なるキティーへ、ペーターが将来ぼくは犯罪者になるだろう、とか、賭博に身を持ちくずすだろう、などと言うのを聞くたびに、不安に心臓がしめつけられるような気がします。私には彼が、自分の性格の弱さを恐れているように思われてなりませんが、じつはマルゴーも同じようなことを言います。

もしもあんたくらい強い性格で
元気があったら。
もしも自分の意思
をおし通せたら。
もしも、もしも……で、
どうするつもり？

うーん……
どうもしないかな。

ぼくは
弱いんだよ。

わかってるんなら、なぜそれと
闘おうとしないの？

このままでいるほうが
ずっと楽だから。

楽？　怠惰な、虚偽に満ちた生涯のほうが楽な生き方なのでしょうか。そんなことがあってはなりません。その恐ろしい“安易さ”という言葉に対抗できるだけの、うまい言葉はないものか、それをてってい的に論破できる、なにか確固たる言辞はないものか。どのように説けば、一見安易で、魅力的に見えるものが、人を泥沼に引きずりこむだけのものだとわかってもらえるのか。いったんその深みにはまったら、どんななぐさめもそこでは得られず、友達も、支えも、どんな美しいものも見いだせず、ぬけだすことはほとんど不可能になるんですから。

親愛なるキティーへ

図書館から借りてきた本の中に、『現代の若い女性をいかに考えるか』という、なかなか意欲的な題のものがあります。今日はこの問題についてお話ししたいと思います。
この本の著者は、“今時の若いもの”を徹頭徹尾、批判の対象にしていますが、かといって、若い世代を十把ひとからげに、ろくなことができない、ときゅう弾しているわけではありません。むしろその反対に、もしも若い世代がそのつもりになれば、今よりももっと偉大で、もっと美しく、もっと良い世界をつくる力をそなえているのにもかかわらず、本当に美しいものについて思いをいたすこともなく、ただ浅薄な現象にのみ心を奪われている、そう慨嘆しているのです。
読んでいるうちに、なんだかこの著者がいくつかの箇所で、この私に批判の矢を向けているみたいな気がしてきました。そこで、これから一度だけ、私という人間を徹底的にあなたの前にさらけだし、著者の攻撃に対する自己弁護を試みたいと思います。
私の性格には、ひとつの顕著な特徴があります。多少なりとも私を知っている人なら、すぐに思いあたるにちがいありません。それは、私が自分をよく知っているということです。私は自分自身を、また自分の行動を、第三者のような目でながめることができます。この“いつものアンネ”に、私はまったく偏見なしに向かいあうことができますし、彼女についての言い訳をあれこれ考えることもなく、彼女のどこが良くて、どこが悪いかも、ちゃんと見てとっています。こういう自意識がどんなときにも私にはつきまとい、口をひらけばすぐにその場で、「もっと別の言い方をすべきだった」とか、「いや、あれはあれで正しかった」などと考えてしまいます。ほかにも私には、自分自身非難したいようなことがどっさりあって、とてもいちいちは数えていられないほどです。いつぞやおとうさんが、「子供はみんな自分自身を教育しなくちゃならない」と言ったことがありますけど、そのとおりだということが、このごろだんだんわかってきました。両親にできるのは、たんに子供によき助言をあたえ、正しい道にみちびいてやることだけ。最終的に子供の性格形成を左右するのは、子供自身なのです。これに加えて、私には少なからぬ勇気があります。どんなときにも、自分がとても強い人間で、たいていのことにはたえられると思っていますし、とても自由な、若さあふれる気性だとも感じています。はじめてこれに気づいたときには、すっかりうれしくなりました。これならば、どんな人生にも何度かは必ず訪れる打撃に対して、たやすく屈することはないと思うからです。
それにしても、どうしておとうさんは私が苦しんでいるときに、心の支えになってくれなかったのでしょう？　どうして私に救いの手をさしのべようとするとき、それが完全に的はずれだったのでしょう？　それはおとうさんのやり方がまちがっていたからです。いつも私に語りかけるとき、むずかしい過渡期にある子供として語りかけたからです。こう言うと、妙に聞こえるでしょう。というのもおとうさんこそは、いつも私を信頼し、心の底を打ち明けてくれたただひとりの人ですし、私がまんざらばかでもないという自信を持てたのも、ひとえにおとうさんのおかげにほかならないからです。けれども、ひとつだけおとうさんの見落としていたことがあります。つまり、私にとっては、自分の負わされた困難に打ち勝とうとして闘うことこそ、ほかの何よりも大事なのだということ、それがおとうさんにはわかっていないのです。
とはいえ、私がいちばん失望しているのは、じつはこのことではありません。そうなんです、おとうさんのことよりも、ペーターのことで頭を悩ますほうがずっと多いんです。彼とのあいだでは、彼が私を征服したんじゃなく、私が彼を征服してしまったんだということ、これはいやになるほどよくわかっています。私は心に彼のイメージをつくりあげていました。愛と友情とを必要としている、おとなしく、感受性の強い、愛すべき少年というイメージを。私は自分の心情を吐露できる相手

として、生きた人間を必要としていました。私を助けて、正しい進路に乗せてくれる、そんな友達をもとめていました。ペーターによって、そのもとめていたものを私は得ると同時に、じょじょにではあっても確実に、彼を自分のほうへ引きよせてきたんです。やがて、ついに彼が私に友情をいだくようになると、それはおのずとある親密な関係に発展することになりましたが、今あらためて考えてみると、それはひどく不穏当なやり方だったような気がします。私はひとつの誤りをおかしました。つまり、そういうかたちで彼との間柄をより親密な関係に発展させ、それで彼に近づこうとしたことです。そうはせずに、ほかのかたちでの友情のあり方をさぐってみるべきでした。彼は愛されたいと熱望していますから、今では日ごとに私との関係にのめりこみだしているのがわかります。私はペーター本人が気づいている以上に、彼の気持ちを私にだけ引きつけてしまいました。今の彼は、すっかり私に依存しきっていて、さしあたり、そんな彼をつきはなす方法も見つからず、自分の足で立たせるくふうもつきません。彼が私の考えているような友達にはなれそうもないと気づいたとき、私はせめて彼をそういう視野のせまさから引っぱりだしたい、彼の若さという限界をひろげさせたいと願ったんですけど。
「心の奥底では、若者はつねに老人よりも深い孤独にたえている」何かの本にこう書かれているのを読んでから、私はずっとこれを忘れられずにきましたし、これが真理だということも発見しました。では、「ここではおとなたちのほうが若者よりもつらい思いにたえている」というのはどうでしょう。これも真実と言えるかどうか。いいえ、言えません。ぜったいにそんなことはありません。おとなたちはすでに、何事につけても確固たる見解をつくりあげていて、行動する前にためらうことはないからです。それにひきかえ私達若者にとっては、現在のように、あらゆる理想が打ちくだかれ、ふみにじられ、人間が最悪の面をさらけだし、真実や正義や神などを信じていいものかどうか迷っている、そんな時代にあって、自己の立場を固守し、見解をつらぬきとおすということは、おとなの2倍も困難なことなんです。
この《隠れ家》の生活の中では、おとなのほうがもっと苦労していると主張する人たちは、私達にのしかかっている問題の重さがどれだけのものか、認識していないのです。これらの問題とまともに取り組むのには、たぶん私達は若すぎるでしょう。けれどもそれは、たえず目の前につきつけられているので、長いあいだには、なんとか解決策を見いだすことをしいられるのですが、その解決策もどうやら、現実という武器には抵抗できず、たちまち雲散霧消してしまうみたいです。こういう時代のむずかしいところはそこです。私達の中に芽生えた理想も、夢も、大事にはぐくんできた希望も、おそるべき現実に直面すると、あえなく打ちくだかれてしまうのです。じっさい自分でも不思議なのは、私がいまだに理想のすべてを捨て去ってはいないという事実です。だって、どれもあまりに現実ばなれしていて、とうてい実現しそうもないと思われるからです。にもかかわらず、私はそれを捨てきれずにいます。なぜなら今でも信じているからです——たとえいやなことばかりでも、人間の本性はやっぱり善なのだということを。
私には、混乱と、惨禍と、死という土台の上に、将来の展望を築くことなどできません。この世界がじょじょに荒廃した原野と化してゆくのを、私はまのあたりに見ています。つねに雷鳴が近づいてくるのを、いつの日か私達をも滅ぼし去るだろういかずちの接近を、いつも耳にしています。幾百万の人びとの苦しみをも感じることができます。でも、それでいてなお、顔をあげて天を仰ぎみるとき、私は思うのです——いつかはすべてが正常に復し、今のこういう惨害にも終止符が打たれて、平和で、静かな世界がもどってくるだろう、と。それまでは、なんとか理想を保ちつづけなくてはなりません。だってひょっとすると、ほんとにそれらを実現できる日がやってくるかもしれないんですから。

じゃあまた、アンネ・M・フランクより

1944年7月21日（金）

親愛なるキティー、やっと本当に希望がわいてきました。ついにすべてが好調に転じたという感じ。ええ、そう、ほんとに好調なんです！　すばらしいニュース！　ヒトラー暗殺が計画されました。

総統閣下、これにて失礼いたします。妻が炎上しておりますので。

かばんを忘れていったので、追いかけます。
ほうっておけ。どうせ妻に取り殺されるだろう。

チクタク、チクタク、チクタク、チクタク、チクタク

ユダヤ人か？
いいえ、閣下。

共産主義者か？
いいえ、閣下。

だれだ？
ドイツ人です。

総統の命に別状はなく、あいにく被害は軽いかすり傷とやけどだけですんだとか。同席していた数人の将軍、将校らの中から死傷者が出、計画の首謀者は射殺されたとのことです。いずれにせよこの事件は、ドイツ側にも今や戦争にあきあきして、ヒトラーを権力の座から引きずりおろしたがっている将軍や軍人が、大勢いることを物語っています。
ヒトラーはご親切にも、彼の忠良かつ献身的な国民に声明を出しました。

この卑劣な、恥知らずな陰謀に、上司や上官が加担していたことを知った場合は、たとえ一兵卒でも、ただちにその場で相手を射殺してよろしい！

ヒトラーを引きずりおろしたあとは、だれかが軍事独裁政権をつくり、連合国側と和平を結び……。

ひそかに再軍備して……。

20年もしたら、あらためて戦争を始めるつもりだったでしょう。

おい、ハンス、イギリス人のデブどもがいるぞ！

でも、総統からあんな声明が出たからには、どうなるか。たとえば、一兵卒のハンス君が、強行軍のために足を痛めているとします。

どうしておまえはいつも遅れるんだ、のろまめ！

するとハンスは銃をかまえます。

知ってるぞ。きさまは総統の命をねらった！

どうだ、この速さなら満足か？

そのうち将校たちは、部下と接するたびに、命の心配をし始めるでしょう。兵隊たちは、命令にしたがうより先に、言いたいことを言いたがるでしょうから。

## 1944年8月1日（火）

親愛なるキティーへ

“矛盾のかたまり”。前回の手紙はこの言葉で終わりましたから、きょうはここから始めることにしましょう。“矛盾のかたまり”、これって、正確にはどういうことなんでしょうか。矛盾とは、何を意味してるんでしょうか。ほかの多くの言葉と同じに、これにもふたつの解釈があります。外から見た矛盾と、内から見た矛盾です。前者は、いつもの私の“強情っぱり、知ったかぶり、でしゃばり”、つまり、私がそれで悪名をはせている、あらゆる不愉快な性質のことですし、後者は、そう、そちらはだれも知りません。それは私だけの秘密です。
前にもお話ししたとおり、私はいわば二重人格です。一方は、生来のあふれるばかりの快活さと、どんなことでもおもしろがる陽気さ、活発さ、そして何よりも、あらゆる事物を軽く受け取る流儀、などをあらわしています。この中には、男の子からちょっかいをかけられたり、キスされたり、抱きしめられたり、品のない冗談を言われたりしても、あまり気にかけないというようなことも含まれています。たしかに、半日くらいなら私だって、軽薄な道化を演じることはありますけど、みんなはもうそれだけで、あと一月ぐらいはアンネの顔なんか見たくもない、なんて思ってしまうんです。じっさいこれは、思索的な人に恋愛映画を見せるようなもので、ただいっときおもしろいだけの、たんなる気晴らし、じきに忘れられてしまうもの、悪くはないけど、けっして良くもないもの、そういったところです。
じつをいうと私、ふだんの私を知る人達に、自分が別の一面を持っていることを知られたくないんです。ふだん見せている一面よりも、すてきで、りっぱな一面があることを知られるのがこわいんです。その人達から笑われはしないか、滑稽だ、センチメンタルだと思われはしないか、まじめに受け取ってはもらえないんじゃないか、そんなふうに恐れるからです。
そんなわけで、良いほうのアンネは、人前ではけっして顔を出しません。これまで一度だって素顔を見せたことはなく、彼女が主役を演じるのは、私とふたりきりのときだけです。私は自分がどういう人間になりたいか、はっきりわきまえています。現在どういう人間かも……内面では――それもよくわかっています。でも悲しいかな、そういうふうになれるのは、私自身に対してだけなんです。ですから、自分では自分を内面的に幸福な性格だと思い、他人はうわべだけを見て、幸福な気質だと判断する、この差異はおそらく、そこからきているんでしょう。いえ、きっとそうにちがいありません。
快活なほうのアンネは、それを笑いとばし、ぽんぽんやり返し、無造作に肩をすくめて、なんとも思っていないかのようにふるまいますが、あいにく、おとなしいほうのアンネの反応は、まったく正反対。あくまでも正直に言うなら、これにはたしかに傷つけられると言わなくちゃなりません。傷ついたあげく、懸命に自分を変えようと努力するのですが、残念ながら、相手はいつの場合も、もっと強力な敵なんです。
胸のうちですすり泣く声が聞こえます。「そうらごらん、やっとわかったでしょ？　あんたは否定的な見方と、おぞましげな目つきと、あざけるような顔とにとりかこまれている。あんたは会う人みんなからきらわれている。それもこれも、良いほうの自分の忠告に耳を傾けようとしないからよ」とんでもない、耳を傾ける気ならじゅうぶんにあります。でもそれがうまくゆかないんです。かりに私がおとなしく、まじめにしていると、みんなは新手の演技を始めたと思うだけなので、結局は冗談にまぎらして、やめてしまうしかありません。ましてや、うちの家族ときたら、てっきり私を病気と思いこんで、頭痛薬だの鎮静剤だのを飲ませてみたり、熱はないかとひたいや首筋にふれてみたり、便秘していないかとたずねてみたり、不機嫌にしているのをたしなめてみたり。これではたまったものじゃありません。ここまで一挙一動を見まもっていられると、だんだん私はとげとげしくなりはじめ、つぎにはやりきれなくなってきて、しまいには、あらためてぐるりと心の向きを変え、悪い面を外側に、良い面を内側に持ってきてしまいます。そしてなおも模索しつづけるのです、私がこれほどまでにかくありたいと願っている、そういう人間にはどうしたらなれるのかを。きっとそうなれるはずなんです、もしも……この世に生きているのが、私ひとりであったならば。

じゃあまた、アンネ・M・フランクより

アンネの日記はここで終わっている。

あとがき
# その後に起こったこと

1944年8月4日の午前10時から10時半のあいだに、プリンセンフラハト263番地に建つ家の前に、1台の自動車が停まった。車から降りたったのは、制服姿のナチス親衛隊幹部カール・ヨーゼフ・ジルバーバウアーと、私服ながら武器を携行した、ドイツ秘密警察（グリューネ・ポリツァイ）所属の、数名のオランダ人であった。《隠れ家》にひそんでいたユダヤ人達について、だれかが密告したのは明らかだった。

グリューネ・ポリツァイは、8人のユダヤ人のほか、彼らの潜伏生活を助けたヴィクトル・クーフレルならびにヨハンネス・クレイマンの2名を連行し——ただしミープ・ヒースとエリーサベト（ベップ）・フォスキュイル、ふたりの女性は逮捕をまぬがれた——さらに、《隠れ家》に置かれていた家財、わずかに残っていた現金のすべてを押収した。

協力者のクーフレルとクレイマンのふたりは、逮捕後、アムステルダム市内の拘置所に連行された。1944年9月11日、ふたりは裁判も受けぬままにオランダのアーメルスフォールト労働収容所に送られたが、かねてから健康を害していたクレイマンは、それを理由に、1944年9月18日に釈放された。戦後、1959年に、彼はアムステルダムで死去している。

クーフレルは、1945年3月28日、労働力としてドイツ本国に送られる寸前、数名の仲間とともに、強制労働キャンプから逃亡することに成功した。その後、1955年にはカナダに移住し、1989年、トロントで死去した。

エリーサベト（ベップ）・ヴェイク＝フォスキュイルは、1983年にアムステルダムで死去した。
ミープ・ヒース＝ザントルーシッツは、2010年1月11日、100歳のときにオランダ国内で死去、ミープの夫ヤン・ヒースも、それより前、1993年にアムステルダムで死去している。

《隠れ家》の8人は、逮捕後まず、アムステルダム市内の拘置所に留置され、ついで、オランダ北部のヴェステルボルクにあったユダヤ人通過収容所へ送られた。ヴェステルボルクから移動する最後の列車に乗せられたのが、1944年9月3日、ポーランドのアウシュヴィッツに到着したのは、その3日後であった。

ヘルマン・ファン・ペルス（アンネの日記中ではファン・ダーン姓）は、オットー・フランクによれば、1944年の10月または11月、アウシュヴィッツ収容所内のガス室へ送られて、殺害された。ガス室での集団処理が中止される直前のことであった。

アウグステ・ファン・ペルス（日記中ではペトロネッラ・ファン・ダーン）は、アウシュヴィッツ、ベルゲン＝ベルゼン、ブーヘンヴァルトの各収容所を経て、1945年4月9日にテレジエンシュタットに送られたことまでは判明している。ここからさらに別の強制収容所へ移送され、そこで死去したことは確

実であるが、死亡日時については不明である。

ペーター・ファン・ダーンことペーター・ファン・ペルスは、1945年1月16日、アウシュヴィッツからオーストリアのマウトハウゼンへの“死の行軍”に加えられ、そこで同年5月5日、すなわち収容所がアメリカ軍によって解放される、わずか3日前に死去している。
アルベルト・デュッセルことフリッツ・プフェファーは、ブーヘンヴァルトとザクセンハウゼンの両収容所を経て、ノイエンガンメ強制収容所に送られたのち、1944年12月20日、そこで死去している。

エーディト・フランクは、1945年1月6日、飢餓と疲労のため、アウシュヴィッツ＝ビルケナウ強制収容所において死去した。

マルゴーとアンネの姉妹は、1944年10月末、アウシュヴィッツから移送され、ドイツのハノーファー付近にあったベルゲン＝ベルゼン強制収容所に送りこまれた。この収容所は極度に衛生状態が悪く、1944年から45年にかけての冬には、チフスの大流行により、数千人の被収容者が死亡した。こうした状況の中で、まずマルゴーがチフスで亡くなり、さらに数日後には、アンネも姉のあとを追った。死亡日時は2月末か3月初めと推定されている。ふたりの遺体は、ベルゲン＝ベルゼンの死体投棄穴に埋められているものと思われる。この強制収容所がイギリス軍の手で解放されたのは、姉妹の死からわずか1カ月余りのち、1945年4月12日のことであった。

《隠れ家》にいた8名のうち、生き残ったのはオットー・フランクただひとりだった。アウシュヴィッツに収容されていた彼は、ソ連軍により収容所が解放されたのち、オデッサとマルセイユを経由してオランダへ送還され、1945年6月3日、ぶじにアムステルダムに帰着した。1953年まで同地に住み、その後、妹およびその家族、母親、そしてのちには弟も住んだスイスのバーゼルに移ったが、それより先、ウィーンでエルフリーデ・ガイリンガー（旧姓マルコヴィッツ）と再婚している。エルフリーデもアウシュヴィッツの生き残りで、夫と息子をマウトハウゼンで亡くしていた。
オットーはアンネの日記を世界じゅうで出版することに力をつくし、その全収益を慈善と教育のために費やした。1963年にバーゼルで創設したアンネ・フランク財団（AFF）は、彼がその目的のために設けた唯一の組織であり、彼の遺産のすべてを相続している。アンネの従兄のバディ・エリーアスが、1996年から亡くなる2015年まで理事長を務めた。AFFは、フランク家の資料の著作権者として『アンネの日記』を出版する責任を有しており、今日までその伝統を守りつづけ、オットーの遺志を遂行している。
1980年8月19日、オットー・フランクはバーゼル郊外のビルスフェルデンで死去したが、死ぬまで娘アンネの日記をたいせつに保管し、アンネの遺した平和へのメッセージを、広く人類に知らしめるために生涯をささげた。オットーと妻のエルフリーデは、ともにビルスフェルデンに埋葬されている。

作者あとがき

# グラフィック版「アンネの日記」について

著名な歴史家アルヴィン・ローゼンフェルドは、著書『ホロコーストの終わり』（The End of Holocaust）の中で、「多くの人びとが、おそらくアンネ・フランクの姿を通してナチ時代についての認識を深めており、アドルフ・ヒトラー本人はべつとしても、当時のどんな人物も、その点では彼女にはおよばないだろう」と喝破している。ローゼンフェルドの検証しているとおり、アンネ・フランクはさまざまな要因によって象徴化され、彼女の重要性は70年以上にわたり、損なわれていない。ひょっとすると、そのことこそ、バーゼルのアンネ・フランク財団が3年前に連絡をよこし、アニメ的な本の執筆と監督をしないかと持ちかけてきたとき、私が大きな不安を抱いた理由かもしれない。とくに私を躊躇させたのは、グラフィックの日記というアイディアだった。たしかに、おとなになってから、それも思春期の子供を持つ親になってからアンネの日記を再読することは、刺激的で魅力的な体験になった。わずか13歳の少女が、これほどまでに成熟した、詩的な、叙情あふれるまなざしを周囲の世界に向け、目にしたものを簡潔かつ的確な表現力と、子供はおろかおとなのあいだでもめったに見られない自己認識力とをもって、かくも思いやりとユーモアに満ちた文章に仕立てることができるとは、想像だにしていなかったのだ。彼女の文章は表徴的かつ独創的であり、提案された企画は大きな挑戦に思えた。だが、もしアンネの書いた一言一句に敬意を払い、一語ももらすことなくすべての文章をグラフィック版の日記に盛りこみたいと思えば、10年近くかけて3,500ページを超える大作をつくることになる。それでは、今日、私達が直面している最大の問題に対処することはできない。本を読む子供の数が劇的に減少しており、子供のほとんどは“映像”の魅力のとりこになっているという問題だ。ゆえに、もっとも困難な仕事は、オリジナルの日記のおよそ5%のみを取り入れながらも、可能なかぎりアンネの文章に忠実な表現を心がけるということだった。

経験から言って、オリジナルのテキストの30ページが、グラフィック版では10ページになり、多くの部分がまとめられることになる。じっさい、最初の9日間で5回書かれている日記を、グラフィック版では10ページのひとつの日記にまとめた。こうして複数のエピソードを組みあわせることが、アンネの身に起きたすべての出来事にふれることになるのだ。アンネは、はじめこそクラスの少年たちに崇拝される人気者としての生活を描くが、やがてオランダにつぎつぎと課されるナチの過酷な法律の影響を少しずつ紹介するようになる。これがある種の導入部になり、グラフィック版ではひとつにまとめられた。別の例を挙げれば、“問題児”のアンネと“完璧人間”の姉マルゴーが絶えず――しかもなんの解決もないまま――比較されることが、本書ではそのちがいを視覚化した絵として1ページにおさめられている。

もちろん、オリジナル版ではこのように単純に姉妹を並べてはいないが、日記の中でアンネは、姉と比較されることに、再三悩まされている。

アンネが文章ではなく絵をかいていたら、日記はどうなっていただろう、などということは考えようとも思わなかった。そんなのはむだな努力だ。しかしながら、彼女の確固たるユーモアのセンスや、皮肉（それはおもに、イラストレーターのデイビッド・ポロンスキーも私もとりわけ気に入っていた、ファン・ダーンのおばさんに向けられている）は保とうと努めた。さらに、食べ物への執着は、身をひそめて暮らしながら、飢えに対処しつづけるのがどんなにたいへんなことかをわかってもらうために、グラフィック版では何度も取りあげている。
アンネが意気消沈したり絶望的になったりしている箇所は、ほとんどの場合、空想的な場面（ユダヤ人がナチの監督下でピラミッドを再建するなど）に変えるか、夢を通して表現した。

日記が進むにつれて、アンネの作家としての才能はさらに目覚ましいものとなり、1944年ごろにペーターと恋に落ちると、その文章は繊細なだけでなく、年齢には似合わぬほど分別に富んだものになっていく。それをイラストのために省略にするには忍びず、手を加えぬまま掲載することにした。
デイビッド・ポロンスキーも私も、慎重に作業を進め、原文に変更を加えていることを自覚しながら、いかなる場合も選択肢を注意深く検討した。ふたりを代表して、そのことは断言しておきたい。私達はこの企画を引き受けるにあたり、アンネ・フランクの記憶と遺産に忠実でありつづけようとした。つねに目標としていたのは、どのコマにもアンネ・フランクの魂を宿すことだった。また、絵コンテのヨニ・グッドマン、製作のヤエル・ナフリエリ、カラーリングのヒーラ・ノアム、テキスト最終編集のジェシカ・コーエン、そしてとりわけイヴ・クーゲルマンに感謝をささげたい。クーゲルマンがいなければ、本書が出版されることはけっしてなかっただろう。

アリ・フォルマン

ANNE FRANK FONDS®
FOUNDED BY OTTO FRANK

## <アンネ・フランク財団>について

この本は、アンネ・フランク財団のもとに出版される。

アンネ・フランクの肉親でただ一人の生き残り、かつ娘アンネの唯一の相続人であったオットー・フランクが、1963年にスイスのバーゼルでアンネ・フランク財団(AFF)を設立し、自身の遺産受取人として指定した。1980年にオットー・フランクが亡くなると、AFFは彼の遺言執行者の役をつとめ、アンネの著作を普及させ、不当な利用を防ぐことに尽力している。アンネの原稿はアムステルダムの「アンネ・フランクの家」に展示され、ユネスコの「ユネスコ記憶遺産」に登録されている。

AFFはスイスの法律に準拠する慈善財団である。長年にわたり、アンネ・フランクのいとこにあたるバディー・エリーアスが議長を務めてきた評議会が、あくまでも名誉職という立場で運営にあたっている。AFFの目的は、アンネおよびオットー・フランクの精神にのっとり、慈善活動を推進することである。AFFが異なる文化や宗教間の理解を深めることに貢献し、世界の若者の交流を勇気づけ、平和を生みだす役割を担うことが、オットーの明白な望みであった。

さらなる情報については、www.annefranc.ch　を参照のこと。

### <著者>

アンネ・フランクは1929年、ドイツで生まれた。アンネの家族は1933年、アムステルダムに移住。そしてアンネは1945年、ベルゲン=ベルゼン強制収容所で死亡した。アンネの日記、すなわち1942年から1944年にかけて隠れて暮らしていた日々の記録は、「アンネの日記」として出版された。

### <翻案者>

アリ・フォルマンはイスラエルの映画監督、脚本家、映画音楽作曲家。脚本を手がけたテレビドラマ *In Therapy*（イスラエルのアカデミー賞受賞）は、のちにアメリカで *In Treatment* としてリメイクされた。また、アカデミー賞にノミネートされたドキュメンタリー・アニメーション「戦場でワルツを」（2008年カンヌ国際映画祭正式出品）監督。アニメーション *Where Is Anne Frank* も制作。

### <イラストレーター>

デイビッド・ポロンスキーは1998年、エルサレムのベザレル芸術デザイン専門学校を卒業。その後、「戦場でワルツを」の美術監督、イラストレーターをつとめた。2004年から2008年にかけての児童書さし絵の仕事でイスラエル美術館賞を受賞。1999年からベザレル芸術デザイン専門学校でアニメーションとイラストを教えている。

### <翻訳者>

深町眞理子は1931年東京生まれ。洋書輸入会社勤務ののち英米のSF、ミステリーを中心に数多くの翻訳を手がける。著書に『翻訳者の仕事部屋』（筑摩書房）、主な訳書にアンネ・フランク『増補新改訂版　アンネの日記』スティーヴン・キング『シャイニング』（共に文藝春秋）、アーサー・コナン・ドイル「シャーロック・ホームズ・シリーズ」全9巻（東京創元社）など。

翻訳協力:宮坂宏美

グラフィック版　アンネの日記

2020年５月30日　初版発行
2022年８月30日　４刷発行

著者　アンネ・フランク　翻案者　アリ・フォルマン
イラストレーター　デイビッド・ポロンスキー　翻訳者　深町眞理子
発行所　あすなろ書房　〒162-0041 東京都新宿区早稲田鶴巻町551-4 電話 03-3203-3350（代表）
発行者　山浦真一　装丁　城所 潤
印刷所　佐久印刷所　製本所　ナショナル製本

 ISBN978-4-7515-2963-8　Printed in Japan